뿔피리

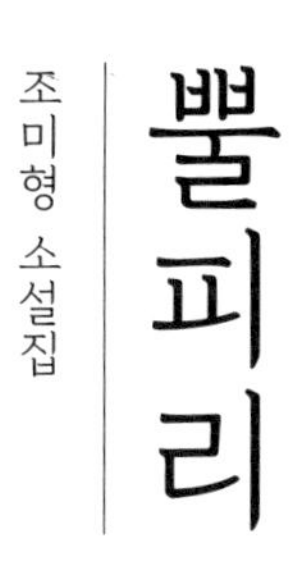

뿔피리

조미형 소설집

산지니

차례

고릴라 1 고릴라 2 그리고 사람

해 질 무렵이었다. 매장에 북적거리던 손님들이 썰물처럼 빠져나갔다. 알바 직원 동민이 나를 보면서 손가락 두 개를 입술에 대고 입김을 후 불었다. 매니저가 마지못한 표정으로 고개를 끄덕였다. 동민이 노랗게 물들인 머리카락을 손으로 쓸어 넘기며 매장을 나갔다. 빠진 상품을 진열대에 채워 넣고 있는데, 매니저가 나를 불렀다.

"직원 휴게실 안마 의자에 잠깐 앉았다 와야겠어. 혼자 할 수 있지?"

"물론이죠. 손님들 뜸할 시간이잖아요."

편집매장이라 상품이 다양하다. 의류, 신발, 가방, 소품도 판매한다. 작은 소품들은 정리하는 데 손이 많이 간다. 손님들이 만졌던 제품은 마른걸레로 닦아야 한다. 어깨가 뭉쳤는지 뻐근하다. 매니저가 쉬었다 오면 내게도 휴식 시간이 주어진다.

"직원식당 저녁 메뉴로 육개장 나온답니다. 식사하고 쉬었다가 천천히 오세요."

매니저는 내키지 않는지 말이 없다. 굳은 얼굴로 휴대전화로 문자를 보내고 있다.

"저녁은 됐어. 삼십 분만 쉬다 오지. 나 없을 때 실력 제대로 발휘해 봐."

나는 경쾌한 어조로 대답했다. 피곤함을 쫓아내려고 일부러 목청을 높였다.

"예, 예. 창고 물건까지 싹 다 팔아서 매장을 텅텅 비워 놓을게요."

매니저가 나를 힐끔 쳐다보더니 어깨를 으쓱했다. 매니저가 나가고, 대학생으로 보이는 청년이 들어왔다. 가죽 지갑을 고른 청년은 선물 포장해 달라고 했다. 계산하고 상자를 꺼냈다. 중년의 사내가 매장에 들어왔다. 나는 손님에게 인사를 했다. 계산대까지 걸어온 사내가 청년을 어깨로 떠밀었다. 청년은 사내와 눈이 마주치자 물건을 챙겨 재빨리 매장을 나갔다. 나는 담담한 표정으로 사내를 보았다.

사내는 회색 정장 바지에 흰색 셔츠 차림이다. 말쑥하게 차려입은 표가 난다. 찌푸린 얼굴로 어깨를 슬쩍슬쩍 비틀었다. 한눈에 봐도 한 사이즈 작은 셔츠를 입었다. 허리 주변에 두툼하게 흘러내린 뱃살, 깊게 파인 목주름, 대략 마흔 중반은 넘어 보였다.

사내가 은테 안경 너머로 주변을 쓱 훑어보더니, 들고 있던 가방을 계산대 위로 던졌다. 작년 가을까지 판매한 남성용 서류 가방이다. 올해는 손잡이와 잠금장치 디자인이 바뀐 제품을 판매하고 있는데 반응이 좋다. 색상은 블랙. 최상급 악어가죽이다. 방수 처리한 특수 실로 바느질한 수제 가방이다. 안타깝게도 가방 바닥 모서리가 닳아 색이 변했다. 손잡이가 반질거리는 것으로 봐서 거의 매일 들고 다닌 것으로 보인다. 지퍼를 따라 곳곳에 보이는 얼룩덜룩한 반점들은 음식물이나 음료수가 떨어진 상태로 방치한 흔적이다. 가방 관리를 제대로 안 하고 험하게 사용했다. 가죽 본질의 광택조차 사라진 처참한 상태였다.

사내가 매장 유리 벽에 적혀 있는 브랜드 소개 글을 느릿느릿 읽었다.

"유니크한 디자인, 심플하고 감각적이며 모던한 스타일로 새로운 형식의 아이템을 제안하는 브랜드. 장인의 기술로 만든 수제품."

게슴츠레한 눈, 비틀린 입술, 다분히 비꼬는 말투다. 무슨 일인지 말하지 않고, 트집부터 잡는 고객은 달갑지 않다. 나는 짐짓 아무렇지도 않은 듯 희미한 미소를 지어 보였다.

내가 P 매장을 처음 찾은 건 재작년 이맘때다. 햇볕은 따갑고 바람은 선선하게 부는 늦가을이었다. 구인 사이트에서 '직원 급구'를 보고 이력서를 챙겨 달려갔다. 당시 일하고 있던 슈즈 샵보다 시급이 천 원이나 많았다. P 매장은 9층 복합 쇼핑몰에서 1층 정중앙에 있는 편집매장이었다. 매장 분위기는 깔끔했다. 통유리를 따라 날렵한 요트처럼 보이도록 벌꿀 빛깔이 나는 목제 선반을 배치한 구조가 눈에 띄었다. 매장 직원으로 보이는 사내가 선반을 오가며 상품을 진열하고 있었다. 사내는 검은색 셔츠에 검정 정장 바지, 반짝거리는 정장 구두를 신고 있었다. 노련하고, 세련되어 보였다. 사내는 P 매장 매니저였다. 사내를 눈으로 좇으며, 나는 처음으로 저렇게 살아도 좋겠다고 생각했다.

가방을 던진 중년의 사내가 목을 이쪽저쪽으로 돌렸다. 우두둑 소리가 났다. 매니저를 불러야 할까? 직원 휴게실에서 쉬고 있을 때는 연락하지 않는 것이 암묵적 약속이다. 의외로 일이 쉽게 풀려 버리면 고객 응대에 미숙하다는 평가만 받을 수 있다. 들었던 휴대전화를 계산대 아래 선반에 놓았다.

사내가 계산대를 손바닥으로 내리치더니, 가슴팍을 앞으로 쑥 내밀었다.

"반품."

내가 잘못 들었나 싶었다. 낡은 가방을 흘낏 보고 사내를 보았다. 사내가 눈을 부릅뜨고 소리쳤다. 귀가 멍할 정도로 큰 소리였다.

"반품! 환불해 달라고."

나는 가만히 있었다. 너무 황당하니까 말이 안 나왔다. 사내가 나를 째려보았다.

"사람이 말을 하면 대답해야지. 직원이 고객 무시하냐?"

대답할 틈을 안 주고 쏘아 댄다. 씩씩거리며 내 얼굴에 주먹을 들이밀었다. 사내가 인상을 쓰자, 콧잔등에 주름이 세로로 생기고, 작은 눈이 가운데로 몰렸다.

"반품해 달라고."

사내가 눈을 치켜떴다. 콧구멍을 벌렁거리며 물어뜯을 것처럼 이빨을 딱딱거렸다. 내 마음 같아서는 사내 얼굴에 가방을 집어 던지고, 엉덩이를 뻥! 걷어차며 이렇게 말한다. "꺼져, 새끼야." 정말 이렇게 하고 싶었다. 하지만, 고객이 최우선이라는 쇼핑몰 지침을 어겼다가는 일자리를 잃는다. 속내를 꾹 누르고 최대한 난처한 표정을 지으며 부드럽게 말했다.

"구매하신 영수증 확인할 수 있을까요? 고. 객. 님."

형식적인 확인 절차였다. 가방 상태로 봐서는 반품 요구 자체가 말이 안 된다. 잘 이야기해서 돌려보내야 한다. 내일이 월말 결산이다. 반품이라니. 그랬다가는 매니저 손에 목 졸린 내 얼굴이 신문 한 귀퉁이에 실릴 수도 있다. 무엇보다 나는 승진을 앞두고 있다. 다음 달에 매니저급으로 진급 발표가 있을 예정이다. 하필이면 혼자 있을 때 반품 고객이 오다니. 혹시 매니저 모습이 보일까 슬쩍 매장 밖을 살폈다.

사내가 넙데데한 얼굴을 디밀고 쏘아붙였다. 입에서는 냄새까지 났다. 생마늘 냄새가 뿜어져 나왔다. 순간 머리가 띵하고 코끝이 간질거렸다.

"그딴 거 모르겠고. 최고급 악어가죽, 장인이 직접 만든 수제 가방이라고 해서 비싼 돈 주고 샀는데, 이거 물개 가죽이잖아."

사내가 손을 번쩍 쳐들었다. 따귀라도 때릴 기세다.

나는 하복부에 힘을 주고 고개를 들었다. 한 대 쳐 봐라. 고시원 월세도 밀렸는데, 몇 대 맞아 줄 수 있다. 고등학교 졸업 후, 집을 나와 한동안 거리에서 지냈다. 같이 몰려다니던 친구들끼리 별것도 아닌 말에 주먹질하고, 길지도 않은 다리를 차올리며 발길질했었다. 심야 편의점 아르바이트하면서 반품되거나 유통기간 지난 도시락으로 끼니를 때우는 날도 많았다. 사내가 눈을 부라리고 소리를 질러도 딱히 두렵지 않다.

사내가 주먹으로 가방을 퍽퍽 때렸다. 그 정도로 움찔하거나 뒤로 물러설 내가 아니었다.

나는 옅은 미소를 띠고 차분하게 다시 설명했다.

"고. 객. 님. 이 제품은 백 퍼센트 천연 악어가죽이 맞습니다. 품질 보증서도 같이 넣어 드렸을 텐데, 가져오셨습니까?"

보증서도 영수증도 없는 게 확실했다. 사내가 손바닥을 셔츠에 문지르더니 목을 뒤고 젖히고 나를 노려보았다. 이쯤에서 나오는 반응이 있다. 내 예상대로 사내가 고함을 질렀다.

"특수피혁 유통하는 친구가 딱 보더니 물개 가죽이라던데. 다 확인하고 왔어. 물개 가죽에 악어 무늬 찍은 짝퉁이라고 했어. 이거 엄연한 사기야!"

사내 입에서 침이 튀었다. 끈적거리는 액체가 내 눈 밑에도 묻었다. 나는 손으로 침을 닦으며 천천히 숨을 내쉬었다. 사내 이마가 땀으로 번들거렸다. 다음 단계로 소란을 피우는 과격한 행동이 이어질 것 같았다.

매니저가 오기 전에 사내를 매장 밖으로 보내야 한다. 사내가 도살장에 끌려가는 돼지처럼 소리를 질렀다. 황당했다. 지금은 내가 화를 내야 하는 상황이었다. 사내가 하는 모든 행동과 요구사항은 치졸한 억지다. 물개 가죽도 나름 꽤 가격이 높다. 뭐, 이 상황에서 중요한 건 아니지만, 사내의 무지를 알려줘 봐야 귀담아들을 상황도 아니다.

휴대전화를 꺼냈다. 매니저를 부르면 꼬투리가 잡힐 게 확실했다. 어쩌면 고객 응대도 못 하는 직원은 필요 없다고 할 수도 있다. 어떻게든 혼자 해결해야 한다. 휴대전화가 무쇠 솥뚜껑처럼 무겁게 느껴졌다. 저녁 먹기 전에 오는 피로감에 허기까지 한꺼번에 몰려왔다. 시원한 맥주 한 캔이 간절했다. 나는 배가 고프면 까칠해진다. 십 대 시절처럼 욱하는 성질이 튀어나오려 한다. 이쯤에서 단호하게 자르기로 했다. 조금 급한 면이 있지만, 상대하기 싫은 고객이다. 물론 속내를 감추고 담담한 표정을 지었다. 매장 직원으로 갖춰야 할 기본자세를 유지했다.

"고객님 가방은 오더메이드(order made) 제품이네요."

나는 가방을 두 손으로 정중히 들어 올렸다. 왕에게 진상품을 올리는 자세처럼 보이도록 했다. 사내의 눈에 잘 보이도록 아래쪽을 조금 더 높이 들었다. 왼쪽 아래 선명하게 각인된 금색 이니셜이 조명을 받아 반짝거린다. 사내가 움찔 놀라며 몸을 뒤로 뺐다.

"시끄럽고, 반품하겠다는데 뭔 말이 그렇게 많아. 현금으로 샀으니 현금 내놔."

사내가 얕잡아 보는 말투로 거칠게 쏘아붙였다. 꼭 빚 받으러 온 채권자처럼 다그쳤다. 순간 속에서 열이 확 치밀었다. 말이 안 통하는 사내다. 아니, 처음부터 들을 생각이 없었던 게 분명하다. 반품은 7일 이내가 기본이다. 번들거리는 콧대에 주먹을 박고 싶다는 충동이 일었다. 속으로 셋까지 셌다. 숨을 고르고 반품, 환불은 어렵다고 말했다.

"헛소리 집어치워. 좋게 말로 해서 해결하려고 했는데, 안 되겠네!"

사내가 악다구니를 친다. 주변 매장 직원들이 무슨 일인가 싶어 얼굴을 디밀었다. 졸지에 구경거리가 됐다. 3층 통합 사무실에 있어야 할 잡화 구역 관리자 파트리더까지 뛰어 내려왔다. 맞은편 경쟁 매장 매니저가 전화한 게 분명했다.

잡화 구역 관리를 맡은 파트리더는 차돌같이 동그란 얼굴, 눈매가 매서운 서른 중반의 사내로 깐깐하기로 소문이 자자했다. 수시로 매장을 돌면서 매장 상태와 직원들 행동까지 체크하고 기록으로 남기는, 자신의 업무에 대단히 충실한 사람이다. 지난달, 신발 매장 하나가 쇼핑몰에서 철수한 것도 파트리더의 기록 일지 영향이 컸다는 소문이 돌았다.

사내가 발로 계산대를 찼다. 시뻘겋게 달아오른 얼굴이 구겨진 라면 봉지처럼 보인다. 사내는 먹이를 빼앗겨 성질부리는 고릴라! 딱 그 수준이었다.

나는 고릴라를 싫어한다. 고등학교 졸업을 앞두고 동물원에 갔다. 억지로 끌려간 거다. 쪽팔리게 동물원이 뭐냐고, 몇 번이나 말했는데 부모님은 내 말을 싹 무시했다. 번지점프 정도는 해 줘야 폼이 사는데, 동물원은 동생 때문에 갔다. 일곱 살이던 남동생은 그즈음 유난히 고릴라에 집착했다. "고릴라야" 하고 불러야 반응을 보였다. 입이 미어터지라고 음식을 쑤셔 넣고는 목이 막혀 '캑캑'거렸다. 주먹으로 가슴팍을 퍽퍽 두드리며, 시도 때도 없이 와르르 달려와 머리로 아랫도리를 박거나, 등에 올라타 목을 조르기도 했다. 띠동갑이던 나를 장난감으로 여겼다. 도무지 말을 안 들었다. 사나운 동물처럼 행동하는 동생을 본 부모님은 그저 막내다운 활달한 행동이라며 웃었다. 그 후로 동생의 행동은 고릴라에서 인간으로 아주 조금 진화했다. 그렇다고 고릴라 짓을 그만둘 정도는 아니었다. 지금도 어디선가 고릴라처럼 가슴팍을 주먹으로 두드리는 짓을 하며 싸돌아다닌다는 소문을 듣고 있다.

지나던 손님들까지 매장 유리문에 이마를 붙이고 들여다본다. 파트리더가 매서운 눈으로 나를 노려보며 손짓했다. 얼른 정리하라는 신호였다. 나는 허벅지에 힘을 주고 허리를 쫙 폈다. 고개를 들고 사내의 얼굴을 똑바로 보았다. 물개 가죽 운운하는 건 핑계다. 실컷 쓰다가 본전 생각에 찔러보러 온 게 분명했다. 입던 팬티를 가져와 새 팬티로 바꿔 가는 손님도 있었다. 이대로 물러서면 승진도 없다. 매장에서 일하면서 수많은 사람을 응대했지만, 처음으로 조급함이 몰려왔다. 승진 발표만 아니라면 단호하게 대응했을 것이다.

파트리더 얼굴이 일그러진다. 나를 째려보는 눈빛이 심상치 않다. 환불을 하든, 새 제품으로 교환하든, 파트리더 입장에서는 아쉬울 게 없다. 입점한 매장 수익보다 쇼핑몰 전체 이미지가 중요했다. 나는 눈을 내리깔고 매니저에게 전화했다. 신호만 갈 뿐 전화를 받지 않았다. 어째서일까, 매니저가 전화를 안 받는다. 안마 의자에 앉아서 잠이 들었을 수도 있다. 눈앞이 아찔하다. 매장 밖에 몰려 있는 사람들을 보았다. 사람들 틈에 노란 머리가 얼핏 보인다. 알바 동민인가? 동민이라면 분명 매니저를 데려올 것이다. 나는 어깨를 펴고 사내를 보았다. 매장 전화기를 들면서 사내에게 말했다.

"본사에 알아보겠습니다."

사내가 와락 달려들어 내 멱살을 잡았다. 꽉 잡아당기는데, 숨이 막혔다. 보기보다 손아귀 힘이 셌다. 땀으로 번들거리는 사내 콧잔등이 눈앞에 보였다. 보기 좋은 풍경이 절대 아니었다. 구역질이 치밀어 눈을 감아 버렸다. 사내가 내 목을 인형 모가지처럼 흔들어 대니 어쩔 수 없이 눈을 뜨고 멀뚱멀뚱 쳐다봤다. 사내가 눈을 부라리며 씩씩거렸다.

"아직 사태 파악이 안 되나 보네. 고객을 호구 취급하는 매장. 가짜 가방 파는 매장이라고 동영상 하나 띄워 줘? 사이좋게 영화 한 편 찍어 볼까?"

아, 젠장. 사내가 결정타를 날렸다. 파트리더가 부리나케 달려왔다. 사내 등 뒤에서 소리 없이 입 모양으로 말했다. '퇴출.' 파트리더가 손바닥으로 목 자르는 시늉을 한다. 쇼핑몰에 입점한 매장 계약 해지 사유에 들어갈 수도 있다는 무언의 압박이었다. 부당한 압력이지만, 따르지 않을 수 없다. 이번에는 진짜 눈을 질끈 감았다.

파트리더가 사내 손등을 톡톡 두드리며 말한다. 죄송합니다. 빠른 처리를 도와드리겠습니다. 고객의 어떤 불편도 진지한 태도로 대하는 것이 쇼핑몰의 입장입니다. 사내가 마지못한 표정으로 손을 풀었다. 분이 풀리지 않는지 주먹을 쥐었다 폈다 한다.

준비금으로 보관 중인 현금을 꺼내는데 손끝이 떨렸다. 악몽이었다. 이럴 수는 없었다. 현금을 사내가 낚아채듯 가져갔다. 사내가 목을 뒤로 젖히고 나를 째려보는 것으로 확인 사살까지 하고 매장 문을 열고 유유히 걸어 나갔다. 중고 가격도 아니고, 정품 가격대로 현금을 강탈해 갔다. 파트리더가 내 어깨를 툭툭 치고는 매장을 나갔다. 내 인생은 이쯤에서 끝났다고 마침표를 찍어야 했다. 순간 그 생각뿐이었다. 아무것도 눈에 들어오지 않았다. 머릿속을 맴도는 단어는 세 글자였다. '끝났다.'

"뭔 일 있었어요?"

건물 뒷골목에서 담배를 피우고 온 동민이 눈을 동그랗게 뜨고 물었다. 진짜 몰라서 묻는 건지, 알고 묻는 건지 잠시 혼란스러웠다. 조금 전에 본 노란 머리는 분명 동민이 같았는데, 내가 가만히 있자 계산대 위에 있는 가방을 들고 종알거린다.

"와, 진짜 더럽게 썼네. 수선 들어온 거예요?"

마취에서 풀리듯 슬슬 상황 파악이 되기 시작했다. 일단 정신이 들자 기분이 아주 더러워졌다. 이럴 땐 차가운 소주 한 병 쫙 들이켜고, 왕소금 몇 알 입에 털어 넣으면 정신이 번쩍 든다. 아니면 옥상에 올라가서 배 속이 텅텅 비도록 소리라도 질러야 한다. 지금 당장은 담배가 당겼다.

"담배 있냐?"

동민이 뒷주머니에서 담뱃갑을 꺼내 주었다. 라이터를 챙겨 건물 밖으로 빠르게 걸었다. 담배에 불을 붙여 급하게 빨아들였다. 눈앞이 핑 돈다. 심장이 쿵쾅거렸다.

"망할. 싹 갈아 사료 더미에 묻어 버려도 시원찮을 새끼."

쓰레기통을 발로 걷어찼다. 욕이 튀어나왔다. 매장에서 일하다 보면 자연히 익히는 게 욕이었다. 상황만 되면 자연스럽게 욕이 튀어나온다. 몇몇 직원들이 나를 보더니 돌아서서 담배를 피운다. 소문이 돌았나 보다. 다들 신나게 씹고 있겠다. 오늘은 쇼핑몰 전체가 심심하지 않겠다. 연달아 두 개비를 태우자 쓴물이 올라오고 속까지 울렁거렸다. 다리에 힘이 풀렸다. 넋 놓고 있을 수 없다. 일을 해결해야 한다. 이대로 모든 것들이 사라지게 놔둘 수 없다.

영업 마감 15분 전, 매니저가 나를 불렀다.

"먼저 퇴근해."

어쩐 일일까. 평소 같으면 없는 일거리도 만들어서 퇴근 시간을 늦추던 매니저였다. 동민이 얼른 가라는 듯 눈을 찡끗거린다. 나는 매니저 말을 선뜻 믿을 정도로 순진하지 않다.

매니저에 대한 소문은 쇼핑몰에 일하는 직원들 사이에서 유명하다. 재작년 이력서를 들고 매장을 들어선 내게 매니저가 처음 한 말은 '정장 구두 있어?'였다. 아래위로 훑어보던 경멸 어린 시선을 지금도 기억한다. 그때는 구두를 신을 일도 없었다. 운동화 한 켤레에 슬리퍼 하나가 전부였다. 딱히 다양한 신발이 필요하지도 않았다.

매니저는 그때나 지금이나 같은 모습이다. 깡마른 체격에 거뭇한 피부, 머리 정수리만 펌 웨이브를 넣었다. 얼굴은 갸름하고, 목소리는 말끝에 쇳소리가 나는데, 차가운 인상이다.

면접 보는 자리에서 매니저가 의자에 상체를 비스듬히 기대고 다리를 꼬았다. 들고 있던 이력서를 원통 모양으로 도르르 말아 쥐고 영화감독이라도 되는 것처럼 목소리를 깔았다.

"로드숍 경력 3년. 뭘 모르네. 경력이란 최소 10년이야. 최신 유행하는 개그 아는 거 있어? 해 봐."

내가 또 거절을 못 한다. 딱히 못 한다고 안 하는 성격이 아니다. 시키면 뭐든지 다 한다. 그게 로드숍에서 시비에 휩쓸리지 않고 살아가는 방법이다. 스스로 감정을 위장하는 데 이미 익숙해져 있었다. 시급 천 원이나 많이 주는데, 뭘 못 하겠는가.

나는 23살 청년의 모습을 확실히 보여 주기로 작정했다. 검정 바탕에 흰색과 금색으로 새겨진 매장 로고가 눈에 들어왔다. 매장 브랜드 간판을 두 손으로 가리키며 어금니까지 보이도록 웃었다.

“어서 오세요 고객님. 행복한 하루, 즐거운 쇼핑. 파킹입니다.”

말이 끝나기도 전에 뒤통수 제대로 맞았다. 덤으로 욕까지 물대포처럼 쏟아졌다. 조금 과장되게 말하면 한동안 귀에서 철썩철썩 파도 소리가 날 정도였다.

매장에 관한 어떤 농담도 매니저에게 통하지 않는다는 것을 나중에 알았다. ‘내 매장’이라고 말하며, 손님들에게 상품을 설명할 때는 품에 안고 말했다. “이 아이는 뉴욕에서 반응이 좋아요. 최근 젊은 층에서 실시간 검색 1순위에 올랐습니다.” 처음에는 일에 대한 열정이 대단하다고 생각했다. 아니었다. 매장은 매니저 그 자체였다. 자기 말을 고분고분 듣지 않는 직원은 똥파리처럼 쫓아냈다.

매장 직원으로 일하면서 알게 된 사실이 있다. 면접을 보고 뽑아 놓은 애들마다 줄줄이 다 도망갔다고 했다. 어떤 녀석은 한 시간도 못 버티고 도망갔다고 한다. 제일 오래 버틴 녀석이 3일이라고 했다. 다른 매장 직원들이 내게 알려 주었다. 마지막 녀석이 고용노동청에 민원까지 넣었다고 했다. 구인 사이트 알바 후기에는 매니저가 매장에 설치된 보안용 카메라를 자신의 스마트폰으로 연결해 직원을 감시한다는 글이 올라가 있다. 매니저는 절대 아니라고 반박했지만, 이미 쇼핑몰 전체 퍼진 소문은 쉽게 가라앉지 않았다. 결과적으로 구인 공고를 아무리 올려도 연락이 오는 사람이 없었다고 했다. 이래저래 일할 사람은 급하지, 뽑아 놓으면 다 도망갔으니 '정장 구두' 한 켤레 없던 나한테 전화를 할 수밖에 없었다고 한다.

첫 출근을 한 날은 크리스마스 일주일 전이었다. 면접 본 날로부터 딱 두 달 후였다. 매장 입장에서는 매출을 높일 수 있는 대목이었다. 나는 가끔 헛말을 하고, 실없는 농담에 쇼핑몰 직원들 사이에 떠도는 소문을 떠들어 대기도 했지만, 일에 있어서 만큼은 실수하지 않으려고 두 번 세 번 확인했다. 6개월 후, 나는 정직원이 됐다. 다른 건 몰라도 판매는 꽤 잘하는 편이었다. 매니저는 못마땅한 표정을 숨기지 않았다. 고분고분하고 자기 말에 무조건 복종하는 직원을 두고 싶은 열망을 절대로 버리지 않았다. 계약서를 작성하는 동안 팔짱을 끼고 나를 노려봤다. 얼마나 더 버티나 두고 보자는 눈빛이었다. 나는 딱히 무섭지도, 쫄지도 않았다. 내게 있어 매장은 제때 월급 주는 직장이었다. 나는 '버티는 놈이 이긴다'라고 믿는다. 전에 일하던 신발 매장 사장이 유별난 손님들이 왔다 가고 나면 하던 말이 있었다.

"조갯국 끓일 때, 아궁이 불 때 봐. 솥이 아무리 달아올라도 조개만 입이 딱딱 벌어지지 솥은 안 끓어."

지랄하면 내버려둬라. 혼자 실컷 부글부글 끓게 둬. '참는 사람이 이긴다'와 비슷한 말이었다. 말이 안 되는 것 같은데, 또 말이 되는 것 같기도 했다.

매니저는 매일 판매 금액에 신경을 곧추세웠다. 어쩌다 본사에서 전화가 오면 화들짝 놀랐다. 손님이 뜸하면 안면마비 환자처럼 얼굴을 굳히고 매장을 서성거렸다. 출근한 매니저가 제일 먼저 하는 일은 명찰을 옷깃에 다는 거였다. 옷깃에 달기 전에 손끝으로 명찰을 문지르며 혼잣말을 중얼거렸다. "할 수 있다. 할 수 있다. 매출 대박!" 매니저는 월말이 다가오면 점심도 안 먹고 손님을 기다렸다. 손님이 없으면 매장 밖으로 찾아 나서기까지 했다.

쇼핑몰에는 매니저를 질시하는 눈이 많았다. 내가 출근한 첫날부터 매니저에 대해 알려 주고 싶어 하는 사람들이 줄을 서 있었다. 화장실 소변기 앞이었다. 옆자리로 쓱 들어선 남자가 정면을 쳐다보면서 혼잣말처럼 중얼거렸다.

"물리면 약도 없지. 피하는 게 상책이야."

정수기 물을 종이컵에 받고 있으면, 미화원 아저씨가 대걸레로 내 발을 툭툭 치면서 중얼거렸다.

"다른 매장 순찰 시작했는데, 슬슬 불뚝 성질 나올 때 됐지."

사람들은 그렇게 은근슬쩍 말을 던졌다. 매니저는 손님들이 P 매장에 오지 않고, 다른 매장에서 물건을 사는 것도 꼴 보기 싫어했다. 슬쩍슬쩍 매장을 기웃대며 트집을 잡았다. 지나가는 말처럼 다른 매장 흉을 손님들 귀에 흘리기도 했다.

나는 떠도는 말을 귀담아들었다. 직원 전용 복도, 화물 승강기 안, 화장실, 직원 식당, 흡연 구역 등, 벽과 칸막이 사이를 떠도는 정보를 모았다. 나름 치열한 생존 방법이었다.

나만의 단골을 확보했고, 눈에 보이지 않지만 매장에서 나만의 영역도 구축했다. 지난 두 달은 매니저보다 내가 매출을 더 많이 올렸다. 다음 달, 본사 승진 명단에 내 이름이 있다는 데 확신한다. 드디어 내가 매니저급이 된다. 정식 매니저가 되려면 본사에 가 교육받아야 한다. 연수도 다녀와야 하고, 생각만 해도 신난다. 매니저가 되면 무엇보다 매출에 대한 인센티브를 받을 수 있다.

해 질 무렵 방문한 손님이 던진 가방이 바닥에 놓여 있다. 나는 침을 꿀꺽 삼키고 말했다.

"창고 정리 남았어요. 내일 판매할 물건 꺼내 놔야 하는데요."

매니저가 어깨를 으쓱했다. 어쩐 일인지 준비금에서 빠져나간 현금에 대해서 한마디도 하지 않는다. 동민이 매장을 정리하고 있다. 대걸레를 빨아 오고, 쓰레기통도 비운다. 시켜도 하지 않던 일을 오늘은 알아서 척척 한다.

"괜찮아. 가 봐. 뒷정리는 우리끼리 해도 돼. 오늘 고생 많았잖아. 내일 무사히 출근하려면 푹 자야 할 거야. 아주 푹."

매니저가 말끝에 씩 웃었다. 비꼬는 것 같기도 하고, 협박처럼 들리기도 했다. 매니저가 매출 현황을 체크하더니 가만 서 있는 나를 힐끔 보았다. 나는 두 손을 바지 주머니에 찔러 넣었다. 내 주먹이 무슨 짓을 못 하게 단속해야 했다. 눈이 확 뒤집히면 무슨 짓을 할지, 나 자신조차 알 수 없었다.

매니저가 눈을 가늘게 떴다.

"방법은 있어. 너도 알지?"

매니저가 바닥에 있는 가방을 발로 툭 찼다. 가방이 내 발끝에 걸려 멈췄다.

"너, 가방 필요하지 않아? 우리 매장 제품 하나도 없지?"

찌질하게 나온다. 나는 입을 꽉 다물었다. 매니저가 힐끔 쳐다보더니 말했다.

"한 번 써 봐. 좋은 건 써 보면 확실히 알 수 있어. 그럼 고객에게 하는 말이 다 진심이 되는 거야. 고객들은 느낌으로 알아. 나한텐 그래서 단골이 많잖아. 난 우리 제품 신상 나오면 바로 구매해. 써 보고 좋으니까 고객들한테 당당하게 권하는 거야."

내가 반응을 보이지 않자 매니저가 싸늘한 어조로 말했다.

"무슨 생각 하는지 말해 볼까? 많은 말을 해서 고객들을 혼란스럽게 만들어 지갑을 열게 한다고 생각하는 거 다 알아."

"그냥 짧게 하시죠."

더 듣고 있다가는 신흥종교 교주님 소리가 나올 것 같아서 말을 잘라 버렸다. 매니저는 아랑곳하지 않고 말을 계속했다.

"요즘 젊은 놈들은 믿음이 없어. 인생 선배가 말을 하면 그냥 믿고 따르면 되는 걸, 뭘 그렇게 따지는지. 넌 그래서 안 되는 거야. 매출만 올리면 된다는 얄팍한 자세로 절대 매니저는 될 수 없어. 융통성이 있어야지. 어떻게 할까? 마감 정산해야 하는데."

두 달 치 월급보다 많은 돈을 나 혼자 떠안아라. 그렇게는 못 한다. 매장에서 일어나는 고객 불만은 매니저 책임이다. 내게 넘어올 책임은 질식할 정도의 욕설 샤워다. 엄연히 따지면 내가 판매한 물건도 아니었다. 욕설이야 얼마든지 참을 수 있다. 그 이외의 문제라면, 다르다. 나는 가방을 발로 꾹 밟았다. 매니저 눈꼬리가 휙 올라갔다.

"손실 처리해도 돼."

매니저가 관심 없다는 듯 대수롭지 않게 말한다. 매장 책임자인 본인이 처리하겠다는 말은 끝내 하지 않는다. 본사에 이야기하면 되는 일을, 끝까지 없었던 일로 정리하려고 한다. 가슴이 답답해져 왔다. 매장 스피커에서 영업 마감을 알리는 방송이 나온다. 옆 매장 불이 꺼졌다. 종종걸음으로 매장을 빠져나가는 직원들이 보인다. 곧 쇼핑몰 전체가 텅텅 비게 된다. 매니저가 하품한다. 계산대 모니터 앞에서 손가락을 까닥거린다. 금방이라도 마감 버튼을 누르려 한다. 머릿속에서 시계 초침 돌아가는 소리가 들릴 정도다. 나는 이를 악물고 신음하듯 내뱉었다.

"돈! 찾아오죠. 그럼 됐죠!"

매니저는 모니터만 쳐다보았다.

쇼핑몰 1층에 설치된 현금인출기에 카드를 넣었다. 현금 부족이 뜬다. 기기에 현금이 없다. 쇼핑몰 전체가 빠르게 어두워지고 있다. 곧 보안 셔터까지 내려올 시간이었다. 별수 없이 내일 돈을 찾아서 주겠다고, 마감 정산 반품 건을 내일로 미뤄 달라고 부탁해야 한다. 서둘러 매장으로 뛰어갔다. 지난 두 해 동안 게으름 피우지 않고 일했는데, 이 정도

부탁은 어렵지 않을 것이다. 설마 안 된다고 하지는 않겠지.

매장이 텅 비어 있다. 창고 쪽에서 소리가 들렸다. 내일 판매할 물건을 꺼내는 것 같은데, 문은 왜 닫고 하는 걸까? 매니저는 의심이 많다. 평소에는 창고 문을 열어 놓고 작업하게 했다. 매니저 목소리가 들린다.

"중고 제품 또 찾아봐. 확실하게 밟아 줘야겠어."

"삼촌 친구 꽤 연기를 잘하던데요."

킬킬거리고 웃는 건 동민이다.

"물건이나 빨리 꺼내. 진품 박스 차에 잘 실어 놨지? 연말 세일에 우리 물건 다 팔아 치워야 해."

쓴웃음조차 나오지 않는다. 같은 공간에서 함께한 2년이라는 시간이 떠올랐다. 진심은 통한다고 믿었다. 서로가 적응했다고 생각했다. 꽤 많은 말들을 주고받았는데, 기억나는 말은 '바퀴벌레 한 마리라도 눈에 띄면 넌 해고야!'뿐이다.

창고 문을 잠갔다. 매니저와 동민이 문을 밀면서 욕을 한다. 문에 등을 기대고 앉았다. 바닥에 앉아 매장을 보기는 처음이다. 환한 조명이 매장 가득 넘실거렸다. 나무 선반이 빛의 호수에 떠 있는 요트처럼 보인다. 같은 배를 탔다고 믿었다. 사람 사는 세상에 살고 있다고 생각했다. 가끔 매니저가 하는 말에 목적어가 상실되어 있기는 했지만, 좋은 의도로 받아들였다. 타일 바닥에 반사된 빛에 눈이 부신다. 창고 문이 쿵쿵 울린다. 오래전 동물원에서 봤던 주먹으로 가슴을 치던 고릴라는 아직도 있을까. 이제 나는 무슨 말을 하고, 어떻게 행동해야 할까? 퇴근은 할 수 있을까? 피곤이 파도처럼 몰려왔다.

뿔피리

나는 혼자가 됐다. 금요일이었고, 수능 원서를 쓰는 날이기도 했다. 이혼한 부모님은 각자 새로운 동거인의 손을 잡고 떠났다. 그들은 친절하게도 내 짐을 원룸까지 옮겨 주었다.

1년 월세 다 냈어. 너 하고 싶은 대로 하고 살아.

아주 급한 일이라도 있는 것처럼 그들은 원룸 계단을 뛰어 내려갔다.

침대에 누웠다. 나는 꽤 오랫동안 잠을 자지 못했다. 그러다가 잠이 들었다. 잠에서 깬 뒤엔 누운 채 눈을 뜨고 천장을 봤다. 뻑뻑한 눈을 깜박거렸다. 창으로 들어오는 햇빛이 엷게 퍼지는 것으로 봐서 늦은 오후임을 짐작했다. 휴대전화를 열었다. 꼬박 하루 반나절이 지나 있었다. 원룸은 기이할 정도로 조용했다. 문밖을 오가는 발소리도 없고, 차들이 지나는 소리도 들리지 않았다. 불쑥 엉뚱한 생각이 떠올랐다. 내가 잠든 사이 지구 종말이 와서 모든 사람이 사라졌나? 아니면 내가 잠든 시간이 일 년쯤 되나? 들리는 소리라고는 내 숨소리뿐이었다.

나는 오랫동안 혼자 있기를 간절하게 원했다. 세상에 공짜가 없다고 했는데, 눈앞의 고요함이 어색하고 불편했다. 몸을 옆으로 돌리자 옷자락과 이불이 스치면서 소리가 났다. 그 작은 소리에 나도 모르게 숨을 길게 내쉬었다.

부모님은 늦은 밤부터 말다툼을 시작해 새벽까지 다퉜다. 욕을 하고 물건을 던졌다. 마주 앉아 소주를 마시다 서로 치고받기를 거의 매일 반복했다. 재수 없게 싸움의 불똥이 내게 튀는 날이면 집을 나와 공원 벤치에서 잠을 잤다. 아니, 그냥 누워 있었다. 공원에 수상한 사람이 있다는 신고를 받고 출동한 경찰에 잡혀 심문을 받았다. 미성년자라는 이유로 집까지 동행한 경찰은 싸움의 흔적을 보고도 아무 말도 하지 않았다. 집안의 일은 어디까지나 사생활이라는 듯 행동했다.

그날 이후 나는 내 방에 감금됐다. '사망자가 나오면 경찰은 현관문을 넘겠지.' 문득 떠오른 생각에 우리 가족 중 사망자가 누가 될까 계산했다. 생존 확률이 가장 낮은 사람은 나였다. 비쩍 마른 체구는 50킬로그램이 넘지 않았다. 이미 체급에서 밀렸다. 나와 달리 부모님은 건장했다. 건설 현장에서 일하는 아버지는 80킬로그램이 넘었다. 당당하게 맞싸우는 어머니는 횟집 주방장 15년 경력에 바다 수영으로 다진 탄탄한 근육 소유자다. 두 사람은 온몸으로 대결하는 동안 싸움 기술과 파괴 기술이 늘어났다. 육탄전까지 하면서 격투기 기술까지 연마했다. 처음에는 마구잡이 쥐어뜯기였는데 2년 넘게 결투를 벌이더니, 목 조르기, 옆구리 차기, 눈 찌르기 기술도 선보였다. 젓가락 눈 찌르기가 서로에게 치명적인 결정타였다.

닭발을 집던 젓가락으로 서로의 눈두덩을 찌른 다음 날 두 사람은 팔짱을 끼고 의자에 비스듬히 앉았다. 한 명은 참을 수 없다는 듯 손으로 코와 입을 막고 천장을 쳐다봤고, 한 명은 발가락 사이를 손으로 긁으며 짧은 단어 배틀을 했다. 등신. 쪼다. 머저리. 찌질 새끼. 꼴뚜기. 꽁치 눈깔. 입 똥내. 쩝쩝. 트림 독가스. 발 꼬랑내. 뒤끝 질질. 칼 간다! 씨팔 총알 넣어 뿔라. 나는 그들의 말싸움에 귀를 쫑긋 세웠다. 두 사람은 서로의 존재 자체만으로 경멸과 혐오, 살인 충동을 불러오는 듯했다. 칼 간다는 말에 두 사람의 입에서 끝내자! 라는 말이 나왔다. 결론을 내리고 합의점을 찾기까지 십 분도 걸리지 않았다. 언어가 다른 타인이 물물

교환하듯 서로가 가져갈 짐을 챙겼다. 남은 물건은 당근에 다 팔아 치웠다. 그사이에서 나는 재활용도 안 되고 분리수거도 불가능해서 처리 비용이 꽤 많이 들어가는 짐이 되었고, 자연스레 두 사람의 선택에서 밀려났다. 이마에 붉은 딱지가 붙은 것처럼 두 사람은 나를 피했다.

수능 원서를 쓰고 집에 왔을 때, 바퀴 하나가 빠진 트렁크와 종이 상자 세 개가 기다리고 있었다. 옷과 책, 여름 이불과 베개가 뒤엉켜 담겨 있었다. 지퍼가 열린 트렁크에는 때 묻은 펭귄 인형 꼬리가 나와 있었다.

연락하지 마!

그 말을 남기고 그들이 내게 던져 준 봉투에는 현금 98만 원이 들어 있었다.

나는 봉투 속 돈을 세 번 셌다. 그리고 결론을 내렸다. 백만 원을 넣었다가, 각자 만 원씩 빼 갔구나. 아마 각자 오십만 원씩 넣었겠지. 서로 눈을 흘기며 만 원짜리 한 장을 뺐을 것이다. 헛웃음조차 나오지 않았다. 갑자기 곱창전골이 땡겼다. 얼큰하게 매운맛이 내장 속까지 꽉 찬 곱창을 어금니로 잘근잘근 씹고 싶었다. 턱이 아플 정도로 씹다가 그들의 얼굴에 뱉어 버리고 싶어졌다.

냉장고 문을 열었다. 제기랄, 냉장고라도 좀 채워 주지… 마지막으로, 그래도 마지막인데. 나는 냉장고 안에 머리를 집어넣었다. 텅 빈 냉장고 안으로 내 머리가 쑥 들어간다. 쿰쿰하고 비릿한 냄새가 났다. 누군가 남기고 간 구린 냄새에 속절없이 배에서 꼬르륵 소리가 났다.

휴대전화를 꺼냈다. 아, 요금 정도는 내주겠지? 설마 자동이체를 해지하지는 않겠지. 만약에 해지하면 요금은 어떻게 내지? 떠오른 생각은 빠르게 사라졌다. 허기가 몰려와 목에서 신물이 올라왔다. 일단 배를 채워야 했다.

편의점으로 갔다. 원 플러스 원 삼각김밥을 샀다. 비닐을 벗겨 내고 김밥을 먹으며 며칠 전까지 살았던 아파트로 갔다. 예전 부모님이 사이가 좋았을 땐 쓰레기를 버리러 내려가 쓸 만한 물건을 발견하면 집으로 들고 왔다. 먼지를 닦아 내고 중고 상품으로 당근에 올렸다. 물건을 팔러 갈 땐 내 손을 잡고 갔다. 아이가 따라가면 신용도가 올라간다고 했었다. 종종 내 손에 떨어지는 오백 원과 천 원에 물건을 줍고 닦고 수리해서 팔러 가는 과정이 재밌었다. 문득 그 시간이 목구멍에 걸렸다. 분리수거장에 들어가 비닐봉지를 한 장 꺼내 눈에 보이는 대로 물건을 담았다. 그릇, 숟가락, 젓가락, 프라이팬, 플라스틱 물통을 챙겼다. 소형 가전 분리

수거함에 전기포트가 있었다. 고장 난 거라면 다시 버리면 그만이었다. 전기포트까지 챙겨 원룸으로 돌아왔다. 잠시 침대에 멍하니 앉았다. 또 뭘 해야 하지? 휴대전화로 포털에 접속해 질문을 남겼다.

18살인데요, 혼자 살아요. 뭐부터 해야 하죠? 알바 추천해 주세요. 이번에 수능을 치는데 대학 등록금에 생활비까지 하면 대략 매달 얼마쯤 있어야 하나요?

쓰다 보니 머리가 아팠다. 차라리 바다에 버려진 거라면 살거나 죽거나 둘 중 하나다. 내가 고민하고 선택하지 않아도 빠른 시간에 결정 난다. 하지만 원룸에 혼자 남겨진 나는 뭘 어떻게 해야 할지 막막했다. 혹시 '원룸에서 혼자 살아남기' 책이 있을까? 핸드폰으로 검색해 본다. 섬에서 살아남기는 있는데 원룸에서 살아남기는 없었다. 지금 내 상황으로 봐서 섬이나 원룸이나 별 차이가 없을 것 같았다. 섬에서 살아남기를 검색하자 무인도에서 살아남기가 나온다. 내게 필요한 건 생존 가이드북이다.

포털에 올린 질문에 답이 없다. 이제 뭘 해야 하지? 친구에게 연락했다.

"쫓겨났다고? 야, 너 버리고 갔구나!"

녀석이 컥컥컥 웃었다.

"우리 집 꼰대 불곰도 곧 나를 버릴걸. 나도 네 꼴이 될 거다. 머지않아서. 지금은 엄마 때문에 모든 게 멈춰 있지만, 불곰이 언제 폭발할지 모른다."

나는 녀석의 말에 뭐라고 해야 할지 말이 나오지 않았다. 녀석의 엄마는 암이었다. 몸이 눈에 띄게 말라 가고 있었다. 지금은 뼈와 피부만 남은 정도라고 녀석이 말했다. 나는 생각나는 대로 말을 꺼냈다.

"똥 닦는 휴지가 왜 그리 비싸냐?"

녀석이 깔깔 웃으며 두루마리 휴지 들고 집들이 오겠다고 했다. 나는 개수 많은 걸로 들고 오라고 했다. 녀석이 비데는 있냐고 물었고, 나는 원룸에 비데 설치된 곳이면 호텔이라고 맞받아쳤다. 나는 당장 뭘 해 먹어야 할지 고민이었다. 요리가 간단하고 배부른 음식이 필요했다. 녀석은 내 말에 건성건성 대꾸했다. 종류가 다른 라면만으로 석 달은 버틴다고 해결책을 내놨다. 하긴, 피와 살을 나누고 법으로도 연결된 부모가 자식을 내팽개쳤는데, 단지 친구일 뿐인 녀석에게 무언가를 기대한 내가 멍청이였다.

녀석이 말했다.

"야, 돈이라도 왕창 뜯어내지."

나는 차마 98만 원을 받았다고 말하지 못했다. 내가 우물거리고 대답을 못 하자 녀석이 지레짐작했다.

"돈도 안 주고 버리고 갔구나. 불쌍한 놈. 당장 학교까지 버스 타야 하는데 차비는 있냐?"

"충전 카드에 잔액이 있으니까 한 달은 쓸 수 있어."

내가 아르바이트 자리를 구해야 한다고 하자, 녀석이 사거리 편의점 야간 알바를 추천했다.

"점주가 폐기되는 식품을 그냥 가져가게 해 줘. 통이 큰 사람이야."

"그럼 그걸로 식비를 줄일 수 있겠는데."

내 말에 녀석이 덧붙여 알려 줬다.

"시급이 센 택배 야간 상하차가 있기는 한데, 음, 넌 안 되겠다."

힘쓰는 일인데 상자 하나만 들어도 허리 나갈 것 같은 빼빼 마른 몸을 뽑아 주겠냐고 짐짓 심각한 말투로 쫑알거렸다. 몇 군데 알바 자리를 주절주절 읊더니 결국 편의점으로 돌아왔다.

"사촌 형이 알바 하면서 폐기 식품을 많이 먹어 살이 쪘다고 투덜거렸어. 수능 치고 내가 야간 알바 하려고 찜한 자리인데 양보할게."

나는 알바비 받으면 컵라면 쏘겠다고 말했다.

혼자 살아가는 여름은 느리게 흘렀다. 편의점 야간 알바는 꽤 괜찮았다. 손님이 뜸한 새벽 시간에는 의자에 앉아 눈을 감고 졸았다. 그러는 동안 몇 가지 일이 익숙해졌다. 빨래는 화장실 바닥에 놓고 물을 뿌려 샴푸 한 방울 떨어뜨려 발로 밟는다. 샤워기로 거품을 날리고 세면대에 물을 받아 담갔다 건져 낸다. 음식물 쓰레기는 번거로우니 애초에 나오지 않게 한다. 양념으로 들어간 파 건더기까지 뱃속에 넣었다. 양념도 남기지 않고 밥을 비벼 먹는다. 지구 환경을 실천하는 깨어 있는 지성인이라 숟가락을 들고 외쳤다.

인간의 생존 본능은 궁지에 몰릴수록 예리해진다. 나는 스스로 먹이를 찾아 움직였다. 활동 에너지를 줄이고, 먹이가 눈앞에 있으면 꾹꾹 눌러 뱃속에 저장한다. 내 몸은 앞다리가 나오고 뒷다리가 나온 올챙이와 비슷해져 갔다.

녀석은 볼록 나온 내 배를 손으로 꾹 누르면서 개구리로 언제 변하냐고 진지하게 물었다. 나는 여드름투성이인 녀석을 얼굴을 보면서 말했다.

"그러는 넌, 도마뱀 탈피 언제 하냐?"

내 말에 녀석은 눈을 가늘게 뜨더니 내 목을 졸랐다.

"기특한 녀석. 죽지 않고 살아 있는 게 신기해. 넌 사막에 떨어져도 선인장을 구워 먹으며 전갈 사냥할 놈이다."

“왜 하필 사막인데?”

녀석은 별걸 다 따진다는 눈빛으로 쳐다보더니 툴툴거렸다.

“어제 집에서 치킨 먹다가 엄마가 너 어떻게 사냐고 묻더라. 간섭하는 부모 없이 잘 산다고 했지. 그런데 엄마가 뭐라는 줄 아냐?”

내가 눈을 껌벅이자 녀석이 고개를 갸웃하더니 말했다.

“어쩌면 우리는 모두 혼자라고 하더라.”

녀석은 그 말이 도무지 이해되지 않는다고 투덜거렸다. 엄마한테는 아들인 자신이 있는데 왜 혼자냐고 묻자 광대뼈가 드러난 엄마의 눈가에 눈물이 비쳤다고 했다. 녀석은 전날 밤 불곰이 지랄발광하면서 부숴 놓은 물건을 정리하고 파편을 치웠다. 다리가 부러진 소파는 책으로 받쳐 놓았다. ‘혼자 사는 것도 괜찮아.’ 녀석의 엄마는 괜찮아, 괜찮아 몇 번이나 중얼거렸다고 했다. 최근 들어 녀석의 엄마는 독립해서 어떻게 살지 계획이 있냐고 종종 묻는다고 했다.

녀석이 슬쩍 내 눈치를 보더니 물었다.

“진짜 연락 없나?”

나는 고개를 저었다. 녀석이 그 말을 꺼내기 전까지 나는 그들을 잊고 있었다. 각자의 동거인과 다정한 눈웃음을 지으며 떠난 그들은 잘 살겠지? 아니면 밤이면 밤마다 격투기 기술을 연마할지도 모른다. 어쨌든, 나와는 상관없다.

녀석은 원룸 침대에 누워 꽤 만족스럽다는 듯 고개를 끄덕였다. 탈피를 못 하는 도마뱀과 배만 볼록한 올챙이는 어깨를 나란히 하고 폰 게임을 했다. 창밖에는 매미가 지치지도 않고 울었다.

나는 일주일에 한 번 예전에 살던 아파트로 갔다. 분리수거장을 돌아다니다 보면 건지는 게 있다. 하루는 비가 오는 날이었다. 헌옷 수거함 앞에서 라면이 가득 담긴 종량제 봉투를 발견했다. 유통기한이 지난 라면이었다. 우산을 들고 있어 다행이라고 생각했다. 오가는 사람도 적고, 우산으로 얼굴을 가리고 종량제 봉투를 들고 원룸으로 돌아왔다. 그날 나는 녀석을 불렀다. 녀석은 주머니에서 달걀 두 개를 꺼냈다. 노란 양은냄비에 라면 네 개를 끓였다. 나는 면발을 후루룩거리며 말했다. 찌든 기름 냄새가 코끝을 스쳤다 사라졌다.

"사냥 본능이 깨어난 것 같아."

아버지는 사냥꾼이었다. 겨울 멧돼지 사냥 기간이 되면 엽총을 들고 엽사들과 전국을 떠돌았다. 내가 선택할 수 없는 유전의 힘은 본능으로 깨어났다.

녀석이 젓가락으로 라면을 휘감아 올려 입에 밀어 넣었다. 나는 사냥에 대해 설을 풀었다.

"사냥의 기본은 타이밍. 순간 공격력에 초점을 맞춰야 성공 확률이 높아."

나와 녀석이 먹는 라면이 바로 성공한 사냥감이었다. 완벽한 사냥이었다. 녀석은 달걀 건더기를 건져 올리며 씨익 웃었다.

"야! 각성했구나! 쫌 부럽다 새끼야!"

구하기 힘든 건 양말이었다. 헌옷 수거함에 양말은 없었다. 어쩔 수 없이 천 원짜리 양말을 사 신었다. 맨발로 있어도 되지만 발 냄새가 난다고 녀석이 코를 막고 왁왁거려서 양말을 신어야 했다.

내 의지와 상관없이 원하지 않아도 머리카락은 자랐다. 커트 비용을 줄여 보려고 가위로 조금씩 잘랐다. 뒷머리가 문제였다. 자를 수도 묶을 수도 없는 상태로 목덜미를 덮었다. 대략 두 달 반을 버티다가 손쓸 수 없는 상황이 되어 미용실을 갔다.

"바싹 잘라 주세요."

나는 정수리 머리만 남겨도 된다고 했다. 미용사는 군 입대하냐고 물었다. 어려 보이는데, 몇 살이냐고 물었다. 나는 고3이라고 했다. 그러자 미용사는 자기 딸도 고3이라며 수능 준비 잘 돼 가냐고 물었다. 미용사는 혼자 묻고 또 혼자 대답하면서 커트를 했다. 정수리에만 도토리 뚜껑처럼 까만 머리카락이 남았다. 미용사가 특전사 헤어 스타일이 잘 어울린다며 샴푸를 해 줬다. 의자에 누워 샴푸를 받는데 가물가물 졸음이 쏟아졌다.

사실 내 꼴은 마른 체격과 움푹 들어간 눈, 광대뼈가 드러난 살점 없는 얼굴에 뾰족한 턱으로 인해 특전사와는 거리가 멀었다. 거울에 비친 내 모습은 굶주린 들고양이 같았다. 미용사는 스펀지로 이마와 눈가에 달라붙은 머리카락을 털어 냈다.

"이번에 짧게 잘랐으니 수능 치고 오겠네."

미용사는 원하는 대학에 합격하길 바란다는 말까지 덧붙였다. 타인이 하는 말은 바람처럼 가볍다. 미용실 문을 열고 나오는 순간 그 가벼운 말들은 흔적도 없이 사라져 버렸다.

무덤덤한 일상이 이어졌다. 편의점 야간 알바는 익숙해졌고, 폐기되는 김밥을 프라이팬에 넣고 볶는 기술도 늘었다. 볶은 김밥을 누룽지가 생기도록 고르게 편 다음 불을 약하게 해서 잠시 기다린다. 수능 완성 문제집 위에 팬을 올리고 휴대전화를 보면서 밥을 먹는다.

그러는 동안 그들을 떠올리는 횟수와 시간이 줄어들었다. 처음 한 달간은 해가 지면 불안증에 다리를 떨었다. 손톱을 물어뜯었고, 문을 열었다 닫기를 반복했다. 두 달째에는 자다가 종종 깼다. 그럴 때면 귀를 쫑긋 세웠다. 그들이 다투는 소리가 들린 것 같았는데, 물건을 던지고 부서지는 소리. 고함이 들렸는데. 정신을 차리고 보면 이른 새벽 문을 열고 나가는 옆집 사람의 소리였다.

이도 저도 아닌 상태로 있다는 불안감이 게임 속 악령처럼 내 속에서 증식해 갔다. 수시 합격 발표를 앞두고는 불안감에 잠이 오지 않았다. 야간 알바를 하고 낮에 조각 잠을 자야 하는데 눈을 감고 귀를 막아도 잠들지 못했다. 눈에 핏발이 서고 머리는 멍했다. 속이 울렁거리고 손이 떨렸다. 녀석은 눈 밑까지 거뭇한 내 얼굴을 보더니 혼자 산다고 야동 중독인가? 너스레를 떨었다.

나는 수시에 합격했다. 원서를 쓸 때 집에서 가장 먼 곳을 선택했는데, 녀석은 그 학교가 산꼭대기에 있다고 했다.

"잘됐네. 산에 있으면 조용하겠다."

그들의 싸움에 질려 있던 나는 숲속 대학 캠퍼스가 맘에 들었다.

입학 안내 팝업창을 살폈다.

신입생 학우님들의 원활한 학교생활에 도움을 주고자 톡 상담 서비스를 제공합니다.

톡 채널 이름을 폰에 입력했다. 채널이 열렸다. 나는 교내 근로 장학생이 되면 숙소가 나오냐고 물었다. 답변이 올라왔다.

근로 장학생으로 선발되면 숙소가 따로 제공됩니다.

곧 근로 장학생 모집 안내문 파일이 올라왔다. 숙소가 제공되는 업무는 식당 일이었다. 연구동 식당 직원 채용 공지문이었다. 세부 조건이 궁금해 문의했다.

주말이나 밤에도 일이 있어요. 학회나 세미나가 있을 때는 음료 서빙도 해야 하고 일이 꽤 힘들다고 하는데 할 수 있겠어요?

할 수 있다. 아니 무조건 해야 한다. 나는 준비해야 할 서류를 확인했다. 까만 점이 깜박이더니 톡 메시지가 올라왔다.

원하는 결과가 있기를 바라며 캠퍼스에서 만나는 날을 기대하겠습니다.

'만남을 기대한다.'

순간 울컥했다. 얼굴도 모르는 낯선 누군가가 보냈을 그 메시지에 코가 시큰거렸다. 나는 이불을 덮어쓰고 울었다. 눈물이 자꾸만 흘렀다.

나는 매일 조금씩 원룸을 떠날 준비를 했다. 편의점에서 가져온 종이 상자에 여름옷을 넣었다. 문득 다가올 여름을 떠올리자 심장이 두근거렸다. 번거롭더라도 노란 양은냄비까지 다 가져가기로 했다. 대학 생활을 하면서는 라면에 만두를 넣어 먹을 수 있을 것 같다는 기대감에 입에 침이 고였다. 다행히 신입생들의 짐을 택배로 받아 보관해 주는 서비스가 있었다.

수능 날 아침 편의점에서 가져온 샌드위치와 물, 커피를 가방에 넣고 버스를 탔다. 생존의 위협 앞에 하루하루를 사는 내게 수능은 안전이 확보된 평온한 마라톤 같았다. 나는 꽤 덤덤하게 문제를 풀었다. 점심은 녀석과 햇살이 드는 창가에 앉아 같이 먹었다. 녀석은 어젯밤 불곰이 휘두른 주먹에 턱을 맞아 입을 오므리고 빵을 뜯어 먹었다. 먹이를 쪼아 먹는 병아리 같은 동작에 나는 자꾸만 웃음이 나왔다.

수능을 마치고 나오자 교문은 사람들로 꽉 막혀 있었다. 승용차가 줄지어 서 있고 누군가의 이름을 부르며 손을 흔드는 사람들이 뒤엉켜 있었다. 나와 녀석은 사람들 틈을 비집고 나와 버스를 탔다. 녀석은 내 원룸까지 따라와 이불 속으로 파고들었다. 나는 라면을 끓여 녀석과 먹었다. 주워 온 라면에서 찌든 기름 냄새가 살짝 났지만, 편의점에서 가져온 볶은 김치를 얹어 먹기에는 아무런 문제도 없었다. 녀석은 멍 자국 색이 짙어졌다며 투덜거렸고, 달걀로 문질러야 한다고 당당하게 요구했다. 편의점에서 달걀 두 알을 사와 녀석에 안겨 주었다. 녀석은 알을 품은 어미 닭처럼 달걀을 품에 안고 머리를 숙이더니 코를 훌쩍거렸다. 수능이 끝나자 허전하지만 암울하게 나를 지배하던 어둠의 불안증이 아주 조금 옅어진 것 같았다. 답답하던 가슴이 가벼워졌고, 편의점 의자에 앉아 졸기도 했다. 달아났던 잠이 다시 돌아오고 있었다.

나는 알바 시간을 늘렸다. 방학에는 주중 알바와 야간 알바를 같이 했다. 점주는 녀석이 흘린 정보로 내 사정을 알고 있는 눈치였다. 그렇다고 드러내 놓고 동정하거나 사정을 묻는 말은 일절 하지 않았다.

크리스마스 날 아침, 야간 알바를 마치고 편의점을 나설 때였다. 녀석이 전화했다. 녀석의 말은 어눌하고 툭툭 끊어져 무슨 말인지 알아들을 수 없었다.

"술 먹었냐?"

녀석은 아버지가 사다 놓은 양주를 꺼내 먹는 짓으로, 온몸으로 치열한 전투를 치르고 있었다.

녀석이 칵 거친 기침을 뱉었다.

"나 데리러 와. 지금 빨리."

나는 녀석의 집으로 갔다. 얼마 전 녀석의 어머니가 오랜 투병 생활을 끝내고 떠났다. 그 후 녀석은 매일 술을 마셨다. 신축 아파트는 입구부터 들어가기 힘들었다. 녀석이 공동현관 비밀번호를 문자로 보냈다. 번호를 누르고 엘리베이터에 타 32층을 눌렀다. 문자가 왔다. 현관 비밀번호였다.

나는 속으로 중얼거렸다. 미친 놈 얼마나 술을 마셨으면 현관문도 못 열어 주냐. 그러다 뭔가 이상하다는 생각이 들었다. 술 취한 놈이 문자는 어떻게 보내지?

녀석의 집 현관문 비밀번호를 누르는데 옆집 문이 열리고 반바지를 입은 남자가 나왔다. 힐끔 나를 보더니 손에 담배를 들고 계단으로 내려갔다. 나는 괜히 머쓱해 고개를 숙이고 재빨리 들어갔다. 녀석의 방은 현관 바로 앞이었다. 방문을 열자 녀석이 침대 옆에 쓰러져 있었다. 나는 녀석의 어깨를 잡아 몸을 일으켜 세웠다. 녀석은 입술이 터져 입가에 피가 묻어 있었다. 녀석이 눈을 떴다.

"좀 빨리 오지."

녀석이 투정 부리듯 칭얼거렸다.

"뭔데? 또 맞았나!"

나는 녀석의 몸을 일으켜 세워 앉혔다.

녀석이 욕을 쏟아 내며 말했다.

"와 씨발, 진짜 죽는 줄 알았다. 혼자 죽으면 재미없잖아. 내가 죽을 때 네가 옆에 있어 주면 나는 원귀가 되지 않을 거야."

"미친 놈! 헛소리하는 거 보면 멀쩡하네."

녀석이 몹시 억울하다는 듯 중얼거렸다.

"다리뼈 부러진 것 같아."

"뭐? 나한테 연락할 게 아니고 구급차 불렀어야지."

녀석이 피식 웃으며 나를 향해 눈을 찡긋했다. 곧 죽을 것 같은 얼굴을 하고는 허세를 부리는 녀석을 보니 한숨이 나왔다.

나는 구급차를 불렀다. 내 이름과 휴대전화 번호를 불러주고, 아파트 1층에 있겠다고 했다. 녀석의 어깨에 손을 넣고 일으켜 책상 의자에 앉혔다. 녀석이 비명을 질렀다. 얼마나 아픈지 얼굴이 허옇게 질렸다. 나는 바퀴 달린 의자를 밀고 집 밖으로 나왔다.

녀석은 구급대원에게 욕실에서 넘어졌다고 했다. 구급대원은 잠시 고개를 갸웃하더니 더 이상 묻지 않았다. 어떤 말은 입 밖에 낼 수 없다. 말을 내뱉는 순간 스스로 비참해진다는 것을 알기 때문이다. 그러니 차라리 이 악물고 고통을 참는 게 낫다.

녀석은 정강이뼈가 부러졌다. 자잘한 금이 간 뼈 사진을 보며 의사는 욕실에서 넘어진 게 맞냐고 두 번이나 물었다. 녀석은 고집스레 맞다고 말했다. 의사는 잠시 나를 쳐다보았다. 나는 입을 꾹 다물었다. 때로는 침묵이 필요할 때가 있다. 환자복으로 갈아입을 때 녀석의 몸에는 푸르고 붉으며 꺼멓고, 짙고 옅은 보라색의 크고 작은 다양한 멍 자국이 어깨부터 발까지 퍼져 있었다.

녀석은 부러진 뼈를 맞추고 깁스했다. 입원해야 한다는 설명에 녀석은 추운데 병원은 따뜻해서 겨울 나기 좋겠다고 했다.

병원 침대에 누워 녀석은 말했다.

"야, 우리 빨리 어른이 되자."

나와 녀석은 며칠 전 구청에 가서 주민등록증을 신청했다.

"주민등록증 나오면 서류상 어른이야. 살아 있어야 어른이 되지. 지금 우리한테 중요한 건 생존이야!"

내 말이 불만이라는 듯 녀석이 입을 실룩거렸다.

"나 어제 병무청 서류 받았어."

나는 주소지를 원룸으로 옮기지 않았다. 주민등록증을

만들면 병무청에서 병역 준비를 알리는 안내문이 우편으로 온다. 나에게 오는 안내문은 어디로 갔을까? 몇몇 친구들은 병무청 안내문을 받고 비명을 질렀다. 입대를 미루기 위해서는 대학생이어야 했다. 안내문은 구석으로 몰린 짐승처럼 모두를 공평하게 울부짖게 했다.

나는 녀석의 다리에 베개를 받쳐 주고 물었다.

"도대체 무슨 일인데? 뼈 부러지게 때린 적은 없었잖아."

녀석은 자주 맞았다. 너무나 다양한 이유로, 또는 이유 없이 맞아서 나중에는 왜냐고 묻지 않았다. 녀석의 얼굴이 일그러졌다.

"미친 새끼가 여자를 데려왔더라. 몇 살인지 아나? 21살이래. 나 참 어이없어서. 내가 딱 한마디 했다."

나는 가만히 녀석을 쳐다보았다. 녀석이 목을 옆으로 뚜두둑 꺾더니 말했다. 잔뜩 찡그린 녀석의 얼굴에 짙은 피로감이 드러났다.

"내 집에서 꺼지라 했어."

그 후에 벌어진 일은 굳이 말하지 않아도 알 것 같았다. 녀석의 아버지는 녀석을 팼다. 녀석의 어머니가 떠난 후에는 드러내 놓고 폭행했다. 늘 그랬듯이 얼굴만 빼고 두드려 팼다. 지난번 수능 전날 얼굴을 맞은 건 녀석의 계산된 행동이었다. 얼굴을 맞고 나면 때리는 횟수나 강도가 줄어들지도 모른다는 실낱같은 기대감에 얼굴을 들이밀고 맞았다. 그런데 녀석의 자기희생은 아무 의미도 없이 끝났다.

"넘어졌는데 미친 새끼가 다리를 밟더라. 내 집이 아니고 자기 집이라나. 나보고 나가래. 미친 곰처럼 방방 뛰는 거 보고 정신을 잃었어."

녀석은 여전히 치솟는 울분을 어떻게 할지 몰라 거친 숨을 내쉬었다.

"그래서 불곰은 지금 어디 갔는데?"

녀석이 얼굴을 찡그렸다.

"여행 갔을걸. 어디 호텔 방에서 뒹굴겠지."

녀석은 거침없이 고자나 되라며 저주를 퍼부었다. 링거 주사액으로 들어가는 약 때문인지 그것도 아니면 밤새 얻어맞아 지쳤는지 욕을 하다 잠이 들었다. 나는 알바 시간이 되어 병원을 나섰다.

원룸과 편의점을 오가던 일상에 병원이 추가되었다. 녀석은 불곰에게 복수할 계획을 세우느라 병원 생활이 지루하지 않아 보였다. 녀석이 불곰에게 뜨거운 화살을 쏘겠다고 큰소리 칠 수 있는 힘은 어머니가 챙겨준 돈에서 왔다. 녀석의 어머니는 작은 아파트 한 채와 현금을 미리 넘겨주면서 비밀로 하라고 당부했다. 그렇지 않으면 모두 뺏기고 맨몸으로 내몰릴 거라며 버틸 수 있을 만큼 버티다가 이대로 죽겠다 싶을 때, 그때 쫓겨나는 모양이 돼야 비로소 혼자 살 수 있다고 알려 주었다.

녀석의 어머니가 떠난 날에는 늦가을 비가 추적추적 내렸다. 나와 녀석은 병원 영안실 복도 계단에 쪼그려 앉아 세상을 향해 욕을 했다. 번번이 안 된다는 말을 들었던 나와 녀석의 상황에 대해, 도움을 줄 수 없다고 대답한 아니꼬운 것들에게 침을 뱉었다.

내가 말했다.

"동사무소에서 내가 긴급복지 대상이 아니래. 일단 비자발적 1인 가구라서 안 된대. 친부모가 소득이 있고, 생존하잖아. 그래서 엄밀히 말하면 방임. 사회적으로 법적으로 매우 애매하다는 거지. 노숙하면 지원할 수 있다고 하더라."

"원룸을 빼서 노숙해야 하나?"

녀석이 아주 괜찮은 생각이라고 노숙에 찬성한다고 자기도 동참하겠다는 의지를 보였다.

"우리가 곧 성인이잖아. 그래서 또 안 된대."

"하여튼 뭐 하나 똑 부러지게 된다고 말해 주는 어른이 없어. 나보고 뭐라는 줄 아나?"

녀석은 한숨을 푹 내쉬며 못마땅함을 토로했다.

"가정폭력을 입증하래. 나보고. 입증을 어떻게 하냐고 하니까 단계가 있단다. 경찰에 자발적 신고 접수하고, 재판 기록이 있어야 한다나. 아니면 가정폭력으로 가출해 쉼터를 이용한 기록이나, 정신과 상담 2년 이상 기록이 있냐고 묻더라. 없다고 했더니 아동학대 피해 예방센터 상담 기록이나 스쿨폴리스 기록이라도 있어야 한다고 그것도 없냐고 묻더라."

녀석의 말을 들으며 나도 모르게 한숨이 나왔다.

나 또한 애매한 상황이었다. 정식으로 세대 분리한 상황도 아니고, 가정폭력에 의한 분리 조치도 아니라 위기 상황의 1인 가구가 아니라고 했다. 무엇보다 그들이 내게 준 원룸 계약서가 법적 보호자로 나오는 어머니 이름으로 되어 있다. 결국 나는 나 스스로 생존해야 한다. 나와 녀석은 지상 최대의 미션을 받은 것처럼 진지하게 고민했다.

'어떻게 살지?'

답은 하나였다.

'죽지 않으려면 움직여!'

'강해져야지!'

그런 뜬구름 같은 구호 말고 어디 가면 공짜 밥을 먹을 수 있는지, 어디서 무료 나눔 물품을 나눠 주는지, 푸드뱅크 마켓은 어디에 있는지, 어떻게 이용할 수 있는지를 알려주는 앱은 없는지. 간소한 확인 절차만으로 잠을 잘 수 있는 공간은 어디에 있는지. 말 그대로 혼자 살아가는 나에게는 도시 생존 맵이 절실했다.

녀석은 병원에서 퇴원해 목발을 짚고 불곰을 엿 먹이기 위해 집으로 돌아갔다. 내가 원룸의 짐을 정리할 때 녀석이 들뜬 목소리로 전화했다. 녀석의 아버지가 두 번째 여자를 데리고 왔다며 이번에는 중년의 아줌마라고 했다. 보는 눈이 없는지 이번 여자는 부엌을 초토화했다고 했다.

"냄비를 태워서 화재경보기가 울려서 소방차가 출동했더라. 탄 냄새에 코가 따가워서 숨을 쉴 수가 없어."

녀석이 숨넘어가도록 웃었다.

"트렁크와 함께 쫓겨났는데 여자가 질질 짜면서 안 간다고 현관문을 붙들고 소리 지르고 난리였어."

녀석은 이번에야말로 아버지가 정신 차리고 여자를 한동안 멀리할 것 같다고 했다. 웃다가 갑자기 녀석이 착 가라앉은 목소리로 물었다.

"야, 혹시 말이야 다음엔 남자를 데려오면 어쩌냐?"

녀석의 말에 나는 말문이 막혔다.

편의점 야간 알바 마지막 날이다. 밤 9시부터 아침 8시까지다. 출근하는 사람들이 우르르 몰려왔다 훑고 지나간 매대를 정리했다. 빠진 물건을 채워 넣고, 커피와 컵라면 국물이 떨어진 테이블을 닦고 소독제를 뿌린 후 마른걸레로 다시 닦았다. 띠링, 문을 열고 거구의 남자가 들어왔다. 허리를 숙이고 테이블을 닦던 내 눈에 남자의 흙 묻은 안전화가 보였다.

계산대에 선 남자가 담배를 달라고 큰 소리로 말했다. 그 순간 나도 모르게 어깨가 움츠러들었다. 나는 계산대로 들어가 담배를 꺼냈다. 남자가 카드를 기계에 꽂았다. 나와 남자는 눈이 마주쳤다. 남자는 잠시 따지듯 쳐다보더니 피식 쓴웃음을 지었다. 남자는 담배와 카드를 챙겨 편의점을 나갔다. 나는 남자의 뒤통수를 빤히 쳐다봤다. 도롯가에 세워져 있던 승합차 문을 열고 남자가 탔다. 계절이 두 번 바뀌었을 뿐인데 남자가 몹시 낯설었다. 우연히 마주치면 어떡할지 걱정했던 시간이 무색할 정도로 아무렇지 않았다. 그 사실을 깨닫는 순간 놀랐다. 몇 달 만에 그와 나 사이에는 넘을 수 없는 거리가 생겼다. 남자가 카드를 챙겨 나가면서 단 한마디도 하지 않았다는 사실에 또 한 번 놀랐다. 포악한 모습만 보다가 무뚝뚝한 얼굴을 마주치자 순간적으로 사람을 잘못 봤나 했다.

참았던 숨을 훅 내쉬자 머릿속이 환해졌다. 보이지 않던 발목의 족쇄가 풀린 느낌이었다.

'이제 진짜 그의 울타리에서 완전히 벗어났구나.'

밀려오는 안도감과 알 수 없는 씁쓸함에 눈앞이 흐려졌다. 의자에 털썩 주저앉았다. 나도 모르게 웃음이 삐질 새어 나왔다. 시간이 지날수록 터져 나오는 웃음을 참을 수 없었다. 나는 계산대에 엎드려 고개를 숙이고 한참을 껄껄 웃었다. 눈꼬리에 눈물이 맺혔다.

해가 바뀌고 나와 녀석은 졸업식을 맞았다. 미성년자로 머무는 학교 생활이 마지막이라고 생각하자 불안감과 흥분이 뒤섞여 마음이 뒤숭숭했다. 녀석은 3지망으로 쓴 나와 같은 학교에 합격했는데, 최종 등록했다. 녀석이 내 어깨에 손을 얹고 말했다.

"여름에 서핑하러 가자. 바다를 정복하는 거지. 어때? 좀 멋지지 않냐!"

그 말에 나는 조금 설렜다. 학교 캠퍼스가 있는 산을 넘으면 바다였다. 그곳엔 서핑의 성지로 불리는 양양 중광정 해변이 있었다. 유튜브 채널에서 파도 타는 영상을 보면서 감탄했었다.

편의점 폐기 식품 대신 학식을 먹고, 야간 근무 대신 낮에 일하다 보면 팔다리에 근육이 붙고 올챙이 배가 들어가겠지. 그때쯤이면 거친 파도를 헤치며 개구리처럼 헤엄을

칠 수 있을 것이다. 어쩌면 그때쯤 녀석과 나는 파충류와 양서류에서 진화에 성공해 두 발로 반듯하게 서 있을 것 같았다.

겨울 동안 나는 체중이 늘었다. 49에서 50으로 앞자리가 바뀌었다. 녀석은 무협지 주인공의 말을 따라 외쳤다.

"군자의 복수는 십 년이 걸려도 늦지 않다!"

녀석은 불곰에게 치명적인 한 방을 노리겠다는 결심을 새롭게 다졌다.

나는 학교로부터 근로 장학생에 선발되었다는 연락을 받았다. 내게 배정된 숙소는 관리비까지 면제되는 조건이었다. 녀석은 어머니가 챙겨 준 현금으로 학교 근처에 방을 구했다. 나는 한 번도 살아 본 적 없는 대학 생활을 앞두고 교복을 헌옷 수거함에 넣었다. 상자에 담긴 고등학교 체육복을 보더니 녀석이 물었다.

"안 버리나?"

"멀쩡해. 또 편하기도 하고."

늘어난 데도 없고 구멍 나거나 헤진 곳도 없었다. 내 말에 녀석은 어쩐 일인지 웃지 않고 머리를 끄덕였다. 상자에 테이프를 붙이고 대학 캠퍼스 주소를 적었다.

나는 새로운 생활이 편할 거라고 기대하지만은 않았다. 그렇지만 매일 죽고 싶다는 생각이나 누군가를 패고 싶은 충동에 휘말리지는 않을 거라고 믿었다.

여전히 내 계좌에는 겨우 숨만 쉴 수 있을 정도의 현금이 스쳐 갈 거고, 내 몸은 고단함이 켜켜이 쌓여 해가 뜨고 별이 지는 것을 살필 시간조차 없을 거라고 예상한다. 그럼에도 불구하고 체중이 늘어나 앞자리가 바뀐 것처럼 내 삶이 비교적 괜찮다고 믿고 싶었다.

원룸을 떠나는 날이다. 신발을 신고 문을 열었다.

원룸 주인으로부터 문자가 왔다. 전기, 가스, 하자가 있는지 확인 후 보증금과 남은 기간 월세를 정산해서 계약자 이름 계좌로 송금하겠다는 문자였다.

나는 문자를 삭제했다.

버스 정류장에서 녀석과 나는 SNS에 접속했다.

뿔피리

출석 체크를 누르자 뿔피리 소리가 울렸다. 뿔피리는 생존을 알리는 1인 가구 출석 방이다. 생존을 응원하는 메시지가 떴다.

허리를 곧게 펴고 힘차게 한 걸음 걸어 보세요. 당신의 하루를 응원합니다.

어떤, 하루

아침 7시, 전화벨이 울렸다. 분명 엄마다. 엄마는 하루에 서른 번도 넘게 전화한다. 내가 새벽 꽃 배달을 마치고 집에 돌아오는 시간에 첫 전화가 울린다. 조금 빠르거나 늦을 때도 있는데, 옆에서 보고 있기라도 하는 것처럼 즉석밥을 전자레인지에 넣으면 전화가 울린다. 영상통화 버튼을 눌렀다.

환자복을 입은 엄마가 휴대전화 화면에 보인다. 침대에 누워 전화하는 엄마 얼굴이 어제보다 많이 부어 보였다. 베개에 눌린 머리카락이 정수리 위로 삐죽삐죽 튀어나와 있다. 딱 떨어지는 단발머리를 즐겨 하는 엄마 성격에 지금의 모습을 보여 준다면 당장이라도 퇴원한다고 할 것 같았다.

"유일아, 송이 밥 줬니?"

어제와 같은 말이다. 이어질 말도 같을 거라는 걸 나는 안다. 송이는 엄마가 키우는 물고기 송사리의 이름이다. 두 달 전 아버지가 수영강에서 잡아 왔다.

"응, 지금 주려고 해요."

"아휴 아직 안 줬니? 송이 배고프겠다."

엄마가 못마땅한 표정으로 눈을 찌푸렸다. 나는 냉장고에서 반찬통을 꺼내며 말했다.

"엄마, 나도 배고파요."

움직이면서 전화하느라 영상이 흔들렸다. 투정 어린 내 말에 엄마 입가에 얼핏 웃음이 번져 나갔다.

"그래 너도 얼른 밥 먹어야지. 또 밤샘 작업했니?"

"아뇨, 새벽 배달이 있어서 작업은 안 했어요."

나는 웹툰 작가로 집에서 일하면서 화요일부터 토요일까지는 새벽 꽃 배달 일도 한다. 할부로 구매한 웹툰 장비와 컴퓨터 때문이다. 작품 연재를 처음으로 시작한 터라 아직은 구독자가 백 명이 넘지 않았다. 다음 작품으로는 새벽시장 사람들 이야기를 모아 쓸 예정이다. 시장을 뛰어다니며 만난 사람들과 그곳에서 들은 이야기를 말하고 싶은데, 엄마는 송사리만 궁금해한다.

엄마는 송이 밥을 빨리 주라고 재촉한다. 병원에 입원하고부터 엄마는 짜증이 늘었다. 사소한 말에 삐치기도 하고 엉뚱한 말도 자주 한다. 물고기 먹이 봉지를 휴대전화 카메라에 맞춰 흔들었다.

"잊지 말고 송이 밥은 미리미리 사다 놔라!"

물고기 먹이는 아직 절반 넘게 남아 있는데, 엄마는 송이 밥이 떨어질까 걱정이다. 아침은 드셨냐는 말에 엄마가 잠시 생각하더니 말했다.

"흰죽에 메추리알 장조림 먹었다. 병원 밥은 시간 되면 나오잖니."

어제도 흰죽에 장조림이라고 했는데, 나는 되묻지 않았다. 엄마의 병원 생활은 두 달이 넘었다. 화장실에서 넘어져 엉덩뼈에 금이 갔다. 뼈가 붙을 때까지 병원에서 지내야 한다. 전자레인지가 삐삐 울린다. 즉석밥이 데워졌다. 전화기 너머 들리는 엄마 목소리는 살짝 들떠 있다.

"빨리, 송이 보여 줘. 어저께 꼬리 비늘이 떨어지려고 했는데, 어떤지 모르겠네."

"꼬리 비늘이 떨어지려고 했어요? 나는 왜 못 봤지?"

내 말에 엄마는 잔소리를 늘어놨다.

"자주 들여다보라고 했는데 요즘 바쁘니? 참, 아버지는 언제쯤 오신다고 연락이 왔니?"

"사흘 있다 오신대요."

사흘. 나는 어제도 사흘이라고 말하고 그 전날도 사흘이라고 했다. 어제도 그렇게 말했는데 엄마는 기억하지 못한다.

"그래, 이번에는 무슨 또 엉뚱한 선물을 주려는지 모르겠네."

전화기 너머 들리는 엄마의 목소리에는 설렘이 묻어났다. 나는 치밀어 오르는 울컥함을 삼키느라 목이 메었다. 엄마는 아버지가 전화를 받지 않는다며 툴툴거렸다. 나는 숨을 돌리고 애써 담담한 말투로 물었다.

"엄마, 허리는 좀 어때요? 움직일 수 있어요?"

"화장실만 겨우 간다. 간호사가 꼼짝도 못 하게 해. 아휴 답답해서, 송이도 보고 싶고. 네 아버지 오시면 나도 퇴원하련다."

"예, 그렇게 해요. 제가 모시러 갈게요."

이제는 영상통화로 엄마와 만나는 게 점점 익숙해진다. 코로나로 병원 방문도 금지다. 병원 침대에 누워 지내는 엄마의 시간은 무료했고, 그럴 때면 수시로 내게 전화했다. 어수선함에 스토리도 막히고 작업 속도가 떨어져 주 2회 연재를 주 1회로 바꾸었더니 독자가 줄었다. 출판사에서는 다시 2회로 늘리자고 하지만 1회 올리는 것도 늘 마감이 임박해서야 작업을 마친다. 집중해서 웹툰 작업만 할 수 있다면 주 2회에 고정 독자를 확보할 수 있을 것 같은데, 한숨이 나왔다. 한번은 일하느라 전화를 못 받았는데 병원에서 연락이 왔다. 전화를 안 받는다면서 엄마가 불안 증상이 심해 심박수가 위험수치까지 올랐다고 했다. 그날 이후 휴대전화를 목에 걸고 다닌다.

나는 식탁 위에 있는 유리 어항을 쳐다봤다. 어항 속에는 작은 풍차가 돌아가고 있는데, 거기서 물방울이 보글보글 나온다. 어항 바닥에 깔린 흰 자갈 사이로 수초들이 무성하게 자라 있다. 물 위로 자란 수초도 보였다. 가위를 들고 물 위쪽으로 올라온 수초를 잘랐다. 받침대를 세워 휴대전화를 어항 앞에 세웠다. 엄마의 목소리가 사뭇 달라졌다.

"송이 잘 잤어? 형이 곧 밥 줄 거야. 조금만 기다려. 유일아, 송이 밥 줘라."

나긋나긋 봄바람처럼 부드럽게 늘어지는 엄마의 말투에 나도 모르게 어깨가 움찔했다. 먹이 봉지를 열고 벽돌색의 작은 알갱이를 수조에 넣었다. 알갱이들이 물 위에 잠시 머물렀다 물속으로 떨어진다. 물속에 갈색 눈이 내리는 것 같았다. 송사리가 입을 벌리고 먹이를 삼킨다. 또 하나를 연달아 삼키더니 입 아래가 볼록 튀어나왔다.

엄마의 감탄이 터져 나왔다.

"오구오구 잘 먹네. 송이 배고팠구나."

나는 어항을 물끄러미 바라봤다. 물방울이 수초에 붙었다가 사라진다. 하얀 자갈 위에 갈색 알갱이들이 내려앉았다. 송이를 향한 엄마의 일방적인 애정이 이어지는 동안 나는 전자레인지에서 밥을 꺼냈다. 숟가락으로 플라스틱 용기 바닥을 탁탁 두드렸다. 대접에 쏟아 넣은 밥 위에 각 얼음을 넣고 물을 부었다.

엄마가 나를 불렀다.

"유일아, 송이 꼬리 비늘이 달랑거리는 것 같은데. 병원 데려가 봐라. 아휴 저리 그냥 놔두면 어쩌니. 헤엄칠 때 얼마나 아프겠어. 송이가 헤엄치는데, 얼마나 불편하겠니."

물에 만 밥을 입에 넣었던 탓에 움움 알았다고 대답했다. 명쾌하지 않은 내 대답이 마음에 안 들었던지 엄마는 병원 데려가라는 말을 반복했다. 문득 물고기 병원이 어디에 있을까 떠올렸다. 동물병원에 가면 되려나? 반찬통 뚜껑을 열자 오징어채무침이 한 젓가락 정도 남아 있다. 반찬이 떨어졌는데 사 오는 걸 깜박했다. 잊지 말고 반찬가게에 들러야겠다고 중얼거렸다. 입 밖으로 꺼내지 않으면 잊어먹기 일쑤다. 엄마는 송이에게 손가락 하트를 날리고 아쉽다며 전화를 끊었다.

엄마는 오늘도 내게 밥 먹었냐, 어디 아픈 데는 없냐, 또는 잘 지내냐는 말을 하지 않았다. 예전에 엄마는 내가 연재하는 웹툰을 꼭 챙겨 보고, 응원합니다! 댓글을 달았다. 어떤 날은 하트를 보내기도 하고, 어떤 날은 연재를 늘려 달라는 조르기 댓글도 적었으며, 랭킹 1위를 향해 달려 보라는 말과 함께 내 어깨를 두드려 줬다. 수시로 방문을 열고 들어오는 부모님 때문에 짜증이 났던 나는 작업실 얻을

돈만 모이면 집을 나가겠다고 중얼거렸다. 시시때때로 낚시를 같이 가자고 하는 아버지 때문에 너무나 절실하게 혼자 있고 싶었다.

댓글을 달던 엄마가 이제는 송사리만 쳐다본다. 엄마의 기억 회로는 깨졌다. 길고도 어렵게 설명하는 의사 말을 한마디로 정리하면, 기억을 저장하는 공간이 깨지고 일그러졌다고 한다. 이어 붙일 수도 없고, 사라진 조각은 되돌아오지도 않는다. 매우 특이한 병증이라 치료 방법도 없다. 그러니 그저 악화하지 않도록 지켜보는 방법이 최선이라며, 일단 금이 간 뼈가 붙으면 물리치료로 근육 운동을 해 보자고 했다. 나는 의사의 설명을 들을수록 의문이 들었다.

"근육 운동하면 뇌 신경도 살아납니까?"

무심코 튀어나온 내 말에 의사는 눈을 껌벅이더니 기다려 보자는 대답만 했다. 치매도 아닌 특이한 증상이고, 뇌에는 밝혀지지 않은 부분이 많아 뭐라고 말하기 어렵다는 말을 덧붙였다. 의사의 말을 들을수록 바짝 마른 식빵 덩어리를 삼킨 것처럼 가슴이 답답했다. 엄마가 정신을 놓아 버린 날은 화장실에서 넘어진 날이었다. 생각해 보면 한 달 전인데, 아득하게 먼 옛날처럼 느껴졌다.

그날 엄마는 송사리가 담긴 어항을 청소한다며 화장실에 들고 들어갔다. 내가 하겠다고 했는데, 엄마는 내 말을 듣지 않았다. 그때 나는 살짝 짜증이 나 있었다. 웹툰 마감을 앞두고 일이 잘 안 풀렸다. 쨍그랑 유리 깨지는 소리에 놀라 화장실로 뛰어갔다. 어항은 깨져 있고, 엄마는 바닥에 쓰러져 있었다.

두 달 전, 바람이 선선한 초가을 일요일 아침이었다. 나는 아버지와 수영강에서 낚시를 했다. 아버지는 낚싯바늘에 갯지렁이를 끼웠다. 어깨 너머로 낚싯대를 넘겼다가 휙 소리가 나도록 강하게 던졌다. 강가에 무성한 풀을 피해 강 중간에 떨어지게 하려고 더 힘껏 던졌다. 형광 적색 찌가 물에 퐁 하고 떨어지는 소리가 났다. 그와 동시에 찌가 물속으로 쑥 내려가서 아버지는 의자에 앉으려고 엉덩이를 뒤로 뺀 채로 낚싯대를 잡아당겼다. 그런데 물 위로 딸려 올라온 붕어가 미끼를 잡아채 물속으로 도망가는 것을 두 눈을 뜨고 바라봤다. 그 모든 일이 너무나 짧은 시간에 빠르게 일어나서 아버지는 입만 벙긋거렸는데, 첫 미끼부터 날치기당한 아버지는 손맛을 빼앗긴 울적함에 일진이 나쁘다며 투덜거렸다. 형광 적색 찌는 물에 다시 들어갔다. 아버지는 눈앞에서 날아올라 물속으로 잠수한 붕어를 생각하느라 미끼를 끼우지 않았다는 것도 잊었다. 낚싯대는 꿈적도 하지 않았다. 찌는 물살을 따라 움직일 뿐이었다. 그렇게 시간이 흐르고 노을이 강물에 내려앉았을 때, 낚싯대가 움찔했다. 아주 작은 움직임이었다. 너무나 오랫동안 노려보던 찌라서 눈이 아파 오던 참이었다. 그래서 잘못 봤나 싶었다. 하지만 찌는 물속에서 움직였다. 당기는 힘이 느껴졌다.

"손에 전해지는 무게가 콩알만 한데."

아버지는 나를 보며 씩 웃었다. 어쩐지 물고기도 잔챙이일 것 같았다. 예상대로였다. 송사리였다. 새끼손가락 한 마디보다도 작았다. 체면치레라도 했다는 생각으로 통에 송사리를 담았다. 통에 물을 넣어 주자 송사리가 파닥파닥 움직였다. 아버지는 그제야 바늘에 미끼를 끼우지 않았다는 사실을 떠올렸다. 바늘을 물고도 살아 움직이다니, 끈질긴 생명력에 감탄이 나왔다.

"눈먼 송사리네. 바늘이 미끼로 보였나?"

아버지는 송사리를 들여다보더니 또 피식 웃었다.

"어째 송사리가 네 엄마 닮았다."

나는 의아해서 물었다.

"어디가 엄마를 닮았는데요?"

아버지는 어깨를 으쓱하더니 손으로 왼발을 가리켰다. 아버지는 다리를 절었다. 십 대 시절 자동차 바퀴에 발이 끼는 사고로 왼발 뒤꿈치를 잃었기 때문이다. 아빠는 서른 중반을 넘기고서야 지인의 소개로 커피숍에서 엄마를 만났다고 했다. 말주변이 좋고 유머 감각이 있는 아버지는 유쾌한 성격이었다. 처음 만난 두 사람이 커피숍에서 일어났을 때는 이미 마음이 서로 통한 후였다. 아버지와 엄마는 종종 서로에게 눈이 멀었다며 웃었다. 자화자찬하는 아버지 말에 나는 너무 어이가 없어 말이 나오지 않았다. 아버지는 내 등짝을 때리며 껄껄 웃었다.

그날 잡은 송사리를 아버지는 직접 잡은 진주라도 되는 것처럼 엄마에게 바쳤다. 송사리 한 마리 때문에 아버지와 엄마는 장장 사흘하고 반나절을 대치하던 싸움을 끝내고 화해했다. 두 사람이 싸운 이유는 아버지의 엉뚱한 계획 때문이었다.

"선박 운항 면허도 땄어. 소형 낚싯배를 알아봤는데 얼마 안 해. 모터도 새것이야. 어르신이 돌아가시고 상속받은 자식들이 파는 거래."

엄마는 눈을 가늘게 뜨고 송사리를 살피더니 말했다. 미끼도 없이 잡았다는 송사리가 꽤 마음에 드는 눈치였다. 시골 동네에서 자란 부모님은 실개천에 떼로 몰려다니는 송사리에 대해 한참을 이야기했다. 엄마가 말했다.

"좋아요. 같이 배를 보러 가요."

아버지 눈이 휘둥그레졌다. 엄마가 배를 보자고 말을 꺼낸 건 내가 기억하기로는 처음이었다. 아버지는 주춤주춤 한쪽 다리를 살짝 끌면서 엄마 쪽으로 다가갔다. 아버지는 놀람과 충격, 기쁨에서 헤어나지 못하고 있었다. 나는 그 순간 아버지가 소리 내어 울기라도 하면 뭐라고 말을 해야 할지 고민하느라 입이 마를 지경이었다. 아버지는 드라마를 보면서도 종종 훌쩍거렸다. 그때마다 엄마는 아버지 손등을 찰싹 때렸다.

아버지는 활달한 분이었다. 친구들이나 동료들과 함께 간 식당이나 카페, 식물원 등 어떤 장소라도 엄마가 좋아하겠다 싶으면 현관문을 들어서면서부터 입을 열었다.

"여보, 같이 가 보자. 당신 좋아하는 말린 오렌지가 들어 있는 마들렌을 팔더라. 내가 물어봤어. 직접 만든대. 오렌지도 직접 말린다고 했어. 내가 다 확인했어." 엄마 옆에 바싹 붙어 앉아 카페 정원에 핀 꽃 사진을 보여 주며 바닥에 깔아 놓은 돌의 색까지 세세하게 풀어놓았다. 퇴직하면 바닷가에 작은 정원이 있는 주택에서 살아도 좋겠다는 말도 했다. "돌아오는 길에는 산책하기 좋은 길도 알아 놨어. 강둑을 따라 양귀비꽃이 지천으로 피어 있대. 꽃길도 걸어 보자. 내가 양산을 들어 줄게."

그날, 엄마는 소파에 앉아 빨래를 개키다가, 아버지 허벅지를 손바닥으로 '탁' 치더니 눈을 흘겼다. 한번 올라간 엄마의 입꼬리는 저녁 내내 내려오지 않았다. 시시때때로 내가 보이지 않는 것처럼 닭살 돋게 하는 애정을 보이는 두 분을 피해 방문을 닫고 귀에 이어폰을 끼고 음악을 들으며 작업해야 했다. 나는 간절하게 혼자만의 공간이 필요하다고 소원했다. 그때만 해도 눈앞의 일상이 오랫동안 이어질 줄 알았다.

아버지와 엄마는 송사리를 사랑스럽다는 듯 쳐다보면서도, 나를 향해서는 참으로 한심하다는 눈빛을 했다. 어쩌겠는가. 나는 집에서 작업하는 웹툰 작가다. 코로나가 퍼지면서 가끔 모이던 자리도 없어져 버렸다. 온라인으로 연락을 주고받는 게 일상이다. 출판사와 계약서를 주고받는 것도 전자 서명으로 한다. 그뿐인가, 대학 강사로 일하던 친구 녀석은 강의 자리를 잃고 소주병을 끌어안고 울었는데, 뜻밖에 개인 SNS 채널을 열어 돈을 벌고 있다. 그런 터에 부모님은 자신들처럼 마음이 통하는 상대를 만날 수 있다고 굳게 믿고 내게 여자 친구가 있냐고 물어 왔다.

"지금 일하는 것만으로 만족해요. 봐요, 부모님도 있고, 내 동생 송사리 송이도 있잖아요."

너스레를 떠는 내 말에 아버지와 엄마는 눈을 가늘게 떴다. 나는 덧붙여 말했다.

"새벽마다 소망을 배달하잖아요. 전 소망을 나눠 주는 사람이에요."

새벽 꽃 배달 브랜드가 '소망 꽃차'였다. 아버지는 내 머리에 꿀밤을 때리려고 했다. 늘 아버지 편을 드는 엄마는 웃었고, 아버지는 허리에 손을 얹고 큼큼 헛기침하더니 짐짓 목소리를 착 깔고 말했다.

"눈먼 송사리 덕분에 네 엄마의 허락이 떨어져 낚싯배를 사게 됐어. 송사리가 복덩이야. 아들보다 송사리가 낫군."

나는 매우 존경스럽다는 눈빛으로 아버지를 봤다. 송사리 한 마리로 낚싯배를 사다니! 아버지는 내 어깨를 두드리며 으스댔다. 한바탕 웃음이 거실을 가득 채웠다. 엄마는 송사리에게 이름을 지어 줬다. 송사리 이름은 '송'이다. 젠장, 내 이름이 '유 일', 송사리는 '유 송'. 어쩌다 나는 송사리와 형, 동생이 됐다. 부모님은 나와 송을 번갈아 부르며 스물아홉이 된 아들을 놀린 후, 서로의 어깨에 기대어 무슨 말인가를 끝없이 속살거렸다. 열어 놓은 창문으로 바람이 불었다. 커튼이 바람에 흔들리면서 길게 늘어진 그림자도 흔들렸다.

다음 날, 두 분은 낚싯배를 보러 갔다. 아버지는 자신의 오랜 꿈인 '선주'가 된다며 좋아했다. 계약금을 걸고 온 아버지는 캔 맥주로 자축했다. 이틀 후, 정식 계약서를 쓰기로 한 날 집을 나서면서 말했다.

"다 같이 바다 배낚시 가자. 기다려! 금방 갔다 올게."

엄마는 웃으며 말했다.

"아휴, 뭐가 그리 급해요. 월말에 유일이 웹툰 마감하고, 샴페인 챙겨서 같이 가요."

나는 현관문까지 아버지를 따라가며 말했다.

"송이는 빼고 가는 거죠? 바다낚시 가려면 준비할 게 많을 것 같은데."

아버지는 한쪽 어깨가 왼쪽으로 살짝 기울었다 올라오기를 반복하며 멀어졌다.

"아빠는 왜 저렇게 바다낚시를 좋아하는 거야. 멍때리는 시간이 지루하지 않나?"

내 말에 엄마는 아버지의 뒷모습을 보면서 말했다.

"축구선수가 되고 싶었다네. 심장이 튀어나올 것처럼 뛰는 생생한 느낌을 낚시에서 찾았다고 하더라."

어쩐지 아버지의 급한 걸음이 이해됐다. 그러고 보면 낚싯배는 아버지가 사고로 잃어버린 발뒤꿈치일 수도 있겠다 싶었다. 바다로 나가는 첫날이 조금 기대됐다.

아버지는 차 안에서 숨진 채 발견됐다. 심장마비였다. 손에는 임시 계약서가 구겨진 채 쥐어져 있었다. 계약금은 돌려받지 못했고, 배는 다른 사람에게 팔렸다. 엄마는 아버지가 출퇴근하면서 신었던 구두를 가장 먼저 버리고, 낚싯대를 맨 마지막에 버렸다. 혼잣말처럼 "신발을 신어야 먼 길을 편히 가지"라고 했다. 나는 엄마가 아버지 물건을 꺼내 하나하나 버리는 것을 막지 못했다. 장례식장에서 누군가 코로나 백신 부작용이 아니냐고 물었지만, 백신 접종을 한 지 한 달이 넘었다는 말에 원인불명의 심장마비로 결론이 났다.

집에서 아버지 흔적이 남은 것은 송사리 '송'이뿐이다. 송이는 수영강에서 살았던 기억을 잊었는지 어항 속을 이리저리 헤엄치고 어쩔 땐 수초 사이에 숨어 머리만 내밀고 있기도 했다. 송이가 자기가 싼 똥을 꼬리지느러미로 헤집는 동안 엄마의 눈에서는 초점이 사라졌다. 두 분이 어깨를 기대고 앉아 있던 소파에서 누워 있는 시간도 길어졌다.

초저녁에 엄마는 어항에 이마를 대고 송사리를 들여다보다가, 갑자기 청소해야겠다고 중얼거리며 어항을 들고 욕실에 들어갔다. 쨍그랑 유리 깨지는 소리가 났다. 화장실 문을 열었을 때, 엄마는 정신을 잃고 쓰러져 있었고, 어항은 깨져 있었다.

목요일 새벽 꽃 배달을 마치고, 배송 차량을 회사에 넘겼을 때였다. 사장은 커피를 타 주면서 말했다. 무슨 일인지 화요일 정기 배달하는 열매 아파트 단지에서 꽃 주문이 끊어졌다고 했다. 사장은 한숨을 푹푹 쉬며 말했다. "날이 더워지면서 주문이 줄었어. 배송 트럭 기름값은 올라가고, 꽃 수급도 불안한 데다, 대출금 이자도 못 갚았어." 사장은 열매 아파트에 가 봐야겠다고 했다. 어쩌면 경쟁 업체가 새로 생겼을지도 모른다는 거였다. 순간, 이미 끊어진 주문을 어떻게 찾아올 건지 그 방법을 찾아야지, 무작정 찾아간다고 주문이 늘어날까 하는 의문이 들었다. 사장이 갑자기 벌떡 일어났다. 나는 커피를 마시다 사레가 들려 기침했다. 열매 아파트를 외치며 꽃가위를 들고 달려가는 사장의 뒷머리가 물고기 비늘처럼 은빛으로 번뜩거렸기 때문이었다.

오전 열 시. 엄마가 병실에서 아침 드라마를 보고 있을 시간이다. 드라마를 보고 나면 간호사가 혈압을 재러 오고, 그 후에는 점심을 먹는다. 두 시간 정도 전화가 울리지 않는 시간이다. 나는 낚싯대와 간이 의자만 달랑 들고 집을 나섰다. 이십여 분을 걸어가면 도심을 가로지르는 수영강이 나온다. 아파트 단지와 달리 길 건너에 공단이 모여 있는 곳에는 사람들이 잘 오지 않는다. 가지가 부러진 버드나무 아래에 선글라스를 쓴 사내가 파란 간이 의자에 앉아 있다. 예전에 아버지가 앉았던 자리다. 사내는 느긋하게 의자에 기대어 졸고 있었다. 중년의 남자를 보자 아버지가 떠오른다. 심장마비로 죽다니. 정말 황당한 일이었다. 뉴스에서 매일 어이없는 죽음이 나오고 있다. 코로나 감염 사망자는 숫자로 알려진다. 사람들은 그냥 숫자가 줄어들었는지 늘었는지 힐끗 볼 뿐 일상을 묵묵히 살아간다.

나는 의자를 펴고 앉아 낚싯대를 강물에 던졌다. 물이 흐르고, 물풀 더미에 물새 한 마리가 앉았다 부리를 흔들고 날아갔다. 맞은편 농산물 시장 입구 사거리 도로에는 차들이 줄지어 서 있다. 화물을 실은 트럭이 삐삐 경고음을 울리며 앞으로 뺐다 뒤로 가기를 반복하고 있다. 크르릉거리는 소음이 점점 높아졌다. 강물을 보는 동안 소란스러움은 귀에서 멀어졌다.

주머니에서 휴대전화 진동이 울린다. 통화 버튼을 누르자 날이 선 말들이 쏟아졌다.

“아저씨, 오즈카페 꽃 두 박스인데 한 박스뿐이네요. 오늘 행사가 있어 고급 꽃 추가로 주문했는데 빠뜨린 건가요? 확인하고 빨리 가져다주세요.”

순간 몹시 당황스러웠다. 분명 새벽에 카페 문 앞에 두 박스를 두고 왔다. 배달을 빠뜨린 곳은 없다. 트럭에 남은 물건도 없었다. 오즈카페는 정기배송 고객이라 실수로 빠뜨리는 일은 더더욱 없었다. 졸고 있던 중년의 사내가 나를 힐끔 보더니 낚싯대를 들어 올려 다시 던졌다. 들릴 듯 말듯 작은 기침을 했다. 나는 간이 의자에서 일어나 빠르게 사내와 멀어졌다. 사내의 느긋한 졸음 낚시에 방해를 주면 안 될 것 같아서였다.

강둑에 올라와 카페로 전화했다.

"혹시 다른 분이 챙긴 거 아닐까요? 두 박스 배달했습니다. 분명 기억해요. 언덕길 오즈카페, 가게 앞 큰 화분 사이에 박스 올려놨어요."

전화기 너머 여자의 목소리가 장미 가시처럼 날카로워졌다.

"한 박스밖에 없었어요. 아저씨, 빨리 가져다주세요."

여자는 어수룩하다느니, 대충 넘어가려고 한다는 둥, 투덜거리더니 전화를 끊었다. 여자의 말투로 봐서 받았는데 안 받았다고 하는 것 같지는 않았다. 가게 CCTV를 확인해 보라고 해야 하는데. 가끔 분실되는 꽃 박스가 있다. 그렇다고 내 돈으로 꽃을 사다 배달해 줄 수는 없다. 나는 단지 배달만 하는 배달원이었다. 회사로 전화했다. 상황을 이야기하자 사장은 짜증이 난 목소리로 꽃 도둑을 잡아다 가위로 머리카락을 싹둑싹둑 잘라 버리겠다며 소리를 질렀다. 이달 들어 정기배송 고객들이 떨어져 나가 주문량이 줄어들어 사장은 신경이 날카로워 있었다. 사장이 괄괄한 어조로 물었다.

"유일 씨, 배달 사고가 세 번째죠?"

순간 뒤통수를 맞은 것처럼 멍했다. 사장은 내게 카페에 가 보라는 말을 한 후 전화를 끊었다. 은연중에 배달을 잘못한 거 아닌가 하는 질책으로 느껴졌다. 사장 말대로 이번 달에만 꽃을 받지 못했다고 항의한 고객이 세 번째였다.

강가로 다시 내려갔다. 중년의 사내는 팔짱을 끼고 다시 졸고 있다. 나는 낚싯대와 의자만 들고 다닌다. 미끼통도 없고, 물고기를 담아 놓는 통도 없다. 몇 달 전 아버지가 그랬던 것처럼 눈먼 송사리 한 마리, 딱 한 마리만 잡는다면, 어쩌면 엄마의 기억이 온전해지지 않을까 해서 수영강에 나왔다. 문득 의문이 들었다. 송사리를 잡으면 수선스럽던 일상이 돌아올까? 낚싯대를 접었다. 빠르게 샤워하고 엄마 전화를 받아 영상으로 어항을 보여 주었다. 간호사는 오후에 뼈 사진을 찍는다고 했다. 사진을 찍는 동안 빨리 다녀오면 될 것 같아 집을 나섰다. 혹시 몰라 녹화한 어항 영상을 간호사에게 보냈다. 내가 전화를 받지 않으면 엄마의 불안 증상은 심해진다. 혈압이 오르고, 말이 어눌해지면서 숨을 헐떡거린다.

카페는 민락동 주택가에 있었다. 이층 주택 내부를 개조한 카페였다. 가게에 들어가자 검은 앞치마를 두른 여자가 인사를 했다. 쌉쌀한 커피 향이 났다. 창가 테이블에 노트북을 펼친 청년이 커피를 마시고 있었다.

"소망꽃입니다."

나를 보던 여자가 미미하게 눈을 찡그렸다.

"아, 네. 꽃은요?"

"회사에서 곧 가져올 겁니다. CCTV는 확인해 보셨습니까?"

여자가 고개를 저었다.

"사장님 나오셔야 확인할 수 있어요."

나는 카페에 오기 전 회사에 전화해서 차량 블랙박스에 찍힌 영상을 휴대전화에 옮겨 왔다. 마침 카페는 도롯가에 있어 꽃 박스를 내려놓는 내 모습이 블랙박스에 담겨 있었다. 차를 출발하고 카페를 지날 때도 박스는 있었다. 블랙박스 영상을 보여 주었다. 여자는 영상을 보더니 고개를 갸웃했다.

"누가 박스를 들고 갔나? 이상하네요. 이런 일 없었는데."

여자의 얼굴에 짜증이 더 늘어났다. 귀찮아하는 표정이 역력했다.

"사장님 나오시면 CCTV 확인하시고 경찰에 신고하세요."

여자가 창가에 앉아 있는 손님을 보았다. 손님은 귀에 이어폰을 꽂고 있었다. 그런데도 여자는 낮은 목소리로 물었다.

"신고했다고 앙심을 품고 카페에 찾아와 난동을 부리면요? 여긴 주택가라 말 한마디도 조심해야 해요."

여자의 말에 나는 말문이 막혔다. 그것까지 내가 해결해야 하나 싶었다. 입안에 맴도는 말을 차마 밖으로 꺼낼 수는 없었다. 그랬다가는 사장이 입에 거품을 물고 덤빌 게 분명했다. 얼마 전 꽃대가 몇 개 부러졌다고 항의하는 고객과 실랑이를 벌인 직원을 향해 사장이 소리쳤다. "고객 한 명이 얼마나 중요한데! 내가 망하면 너도 일자리 없어지는 거야. 생각이라는 걸 해라! 그저 미안하다, 죄송하다, 더 나은 서비스로 배송에 신경 쓰겠다 하면 되잖아."

나도 모르게 죄송하다는 말이 튀어나오려고 했다. 여자가 뒤돌아 투덜거리는 말이 내 귀에도 들렸다. 어쩌면 들으라고 하는 소리 같았다.

"문 앞에 놔두지, 왜 화분 사이에 끼워 놔. 그러니 들고 갔지."

순간 뺨을 맞은 것처럼 얼굴이 화끈거렸다. 그냥 나가려다 돌아서서 말했다.

"이봐요, 일기예보에 비가 온다고 해서 화분에 올려놨어요."

카페가 있는 거리는 경사가 심했다. 비가 오면 도로를 따라 빗물이 흘렀다. 작은 물건들이 빗물에 쓸려 내려가는 것을 몇 번이나 본 기억이 났던 터라 혹시나 해서 박스를 화분 사이에 올려둔 거였다. 여자는 대꾸도 없이 갈색 마른행주를 들고 커피잔을 닦았다. 딸랑, 카페 문을 열고 꽃 박스를 든 청년이 가게로 들어왔다. 오토바이 퀵이었다. 청년은 여자에게 박스를 넘기고 사인받더니 빠르게 사라졌다.

카페를 나와 지하철역 쪽으로 걸었다. 건널목 신호등 앞에 멈췄을 때였다. 모퉁이 전봇대 옆에 꽃 박스가 있었다. 성큼 달려가 박스를 확인했다. 카페 주소가 찍힌 송장이 붙어 있었다. 꽃은 사라지고 없었다. 버려진 종이 상자 사진을 찍었다. 그리고 카페에 전화를 걸어 빈 박스를 발견했다고 알렸다. 여자는 예약 손님 맞을 준비로 바쁘다고 말하더니, 알아서 하라며 전화를 끊었다. 회사로 전화하자, 사장은 경찰에 신고하라고 했다.

갑자기 피로감이 몰려왔다. 큐대에 맞아 이리저리 구르는 당구공이 된 기분이었다. 초조했다. 언제 엄마가 전화할지 모른다. 전화하면 어항을 영상으로 보여 줘야 한다. 인근 파출소로 뛰어갔다. 경찰은 택배 분실 사고가 종종 있다며 카페에 들러 CCTV 영상을 확인하겠다고 했다. 거의 뛰다시피 집에 도착해 현관문을 열자 전화가 울렸다. 엄마 병실 담당 간호사였다.

"방금 코로나 간이 검사에서 양성 반응이 나왔어요. 지금은 특별한 증상이 없는데, 지켜봐야 할 것 같아요. 병실을 일인실로 옮겨야 하는데 어떻게 할까요?"

나는 현관문을 등지고 바닥에 주저앉았다. 어쩌다가 병원에서 코로나에 걸렸을까? 간호사는 왜 죄송하다는 말 한마디도 없을까? 병실에서만 생활하는 환자가 전염병에 걸렸다는 말을 너무 당당하게 하는 건 아닐까. 부글부글 끓어오르는 말들이 뒤엉켰다.

"왜요? 어쩌다? 지금은요? 의사는 뭐래요?"

정작 입 밖으로 나온 말은 송사리 똥만큼이나 보잘것없이 뚝뚝 끊어졌다. 간호사는 지금은 괜찮다며 증상이 있으면 바로 연락해 주겠다고 말했다.

엄마는 1인 병실로 옮겨졌다. 바뀐 병실의 간호사가 영상통화로 엄마 모습을 보여 주었다. 산소마스크를 쓴 엄마는 손을 살짝 흔들며 뭐라고 말했다. 간호사가 입가에 전화기를 가져다 댔다. 마스크 줄과 엄마 입김이 휴대전화 액정에 가득 찼다.

"유일아 송이 데리고 한 번 와."

숨이 가쁜지 아니면 목이 따가운지 엄마가 기침했다. 나는 늘 그랬던 것처럼 담담하게 대답했다. 속으로 아버지를 찾지 않아 다행이라고 생각했다.

"내일 갈게요. 송이도 데리고 갈게요."

간호사가 영상통화로 엄마 모습을 보여 준 후 전화를 끊었다.

편의점에서 사 온 도시락을 데워 먹고 웹툰 작업을 했다. 색을 칠하는 일이라 눈이 아팠지만, 일의 속도가 좀처럼 붙지 않았다. 일하고 있는데, 꽃 배달 사장이 전화했다.

"카페 사장이 정기 배송을 해지했어."

사장은 언짢은 말투로 카페에 갔을 때 무슨 일이 있었냐고 물었다. 딱히 무슨 일은 없었다. 직원에게 신고하라고 했는데, 그 말이 그리 고깝게 들렸던 걸까. 사장은 배송이 줄어들어 어쩔 수 없다며 정기 배달 주문이 들어오면 다시 연락하겠다고 했다.

새벽 배송 일자리가 사라졌다. 띠링, 문자가 들어왔다. 4인실 간병비를 입금해 달라는 병원 간병인의 문자였다. 간병비를 입금하고 작업대에 앉았다. 눈이 침침했다. 손으로 눈을 비비고 콜라를 마셨다. 책상 밑에는 빈 콜라병이 흩어져 있다. 마감을 맞추기 위해 꼬박 밤을 새웠다.

아침 7시 50분. 즉석밥을 전자레인지에 넣고 돌렸다. 휴대전화가 조용하다. 나는 전화기를 들고 숨을 골랐다. 51

분. 전화가 울리지 않았다. 55분. 나는 버튼을 눌렀다. 잠시 후 엄마 목소리 대신 간호사가 전화를 받았다.

"안 그래도 전화하려고 했어요. 환자분이 급성 폐렴으로 방금 치료 들어갔어요."

"갑자기 폐렴이라뇨?"

나도 모르게 소리를 질렀다. 간호사는 열이 안 떨어지고, 산소포화 수치가 갑자기 나빠졌다면서 최선을 다해 치료 중이라는 말을 하고는 전화를 끊었다.

나는 병원으로 달려갔다. 병원 복도에서 간호사가 나를 막아섰다. 엄마는 격리 병동으로 옮겨진 후였다. 귀가 윙윙 울렸다. 유리 벽을 사이에 두고 간호사가 말했다.

"의식이 없으십니다."

가슴이 철렁 내려앉았다. 눈앞이 순간적으로 구겨진 종이처럼 일그러졌다. 나는 눈을 깜박이고 몇 초 동안 엄마를 보고 또 봤다. 엄마의 손이 유난히 희네. 원래 저렇게 피부가 고왔나? 엄마 손을 언제 잡아 봤지? 왜 기억이 나지 않을까? 모든 일이 내 의지와 상관없이 너무나 빠르게 진행됐다. 간호사는 건조하게 말했다.

"3분간만 면회할 수 있습니다."

간호사의 지시에 따라 가운을 입고, 모자를 쓰고 마스크를 쓴 다음 소독했다. 격리 병동엔 온갖 의료 기계들이 줄

지어 있었다. 나는 엄마 이름이 적힌 침대로 다가갔다. 핏기라고 없는 하얀 얼굴을 한 엄마가 누워 있었다.

나는 성큼 다가가 엄마 손을 잡았다. 서늘했다. 그 서늘함에 나도 모르게 움찔했다.

"엄마!"

엄마를 불렀다. 금방이라도 송이를 보여 달라고 할 것 같은데, 엄마의 감은 두 눈은 움직이지 않았다. 다시 엄마를 불렀다. 두 손으로 엄마 손을 문질렀다. 조금이라도 온기를 불어넣으려고 차가운 손을 어루만졌다. 등 뒤로 다가온 간호사가 나가 달라고 말했다. 거의 떠밀리다시피 병실에서 나왔다. 병실 밖 복도 의자에 앉기도 전에 간호사가 다가와 엄마가 사망했다고 말했다. 나는 멍한 눈으로 간호사를 보았다. 귀에서 윙 소리가 나고, 간호사 말소리가 들리지 않았다. 한참을 복도에 서 있었다.

코로나 확진 사망자로 분류된 엄마는 화장장으로 옮겨진 후 바로 화장됐다. 평소에 즐겨 입던 개나리색 원피스를 입혀 달라고 했는데, 그조차도 허용되지 않았다. 염습도 없었다. 마지막으로 얼굴만 보게 해 달라는 말도 거부당했다. 모든 답변은 코로나 바이러스 위험 때문이라고 했다. 엄마는 가루가 되어 내게로 돌아왔다.

나는 식탁에 앉아 엄마가 그랬던 것처럼 유리 어항에 이마를 대고 그 속을 들여다보았다. 뽀르르 물방울이 나왔다가 사라졌다. 먹이 봉지를 들어 뒤집어 부었다. 갈색 알갱이들이 어항 물 위쪽에 쌓였다. 사실 송사리 송이는 어항이 깨졌을 때 이미 죽었다. 나는 엄마를 모시고 병원으로 달려가느라 송사리를 챙길 여유가 없었다. 나중에 깨진 어항을 치우다 발견한 송사리는 마른 멸치처럼 굳어 있었다. 엄마는 어항 속에 송사리가 없다는 걸 알아채지 못했다. 여전히 엄마 눈에는 송사리가 힘차게 헤엄치고 다녔다.

나는 어항에 이마를 댔다.

“물방울 소리가 너무 크게 들려요.”

어항 속에서 물방울이 뽀르르 소리를 냈다. 내 말에 대답해 주는 목소리는 없었다. 어항 너머로 소파가 보였다. 소파에는 아무도 없었다.

두 눈이 화끈거렸다. 손바닥으로 눈을 비볐다. 눈물은 나지 않았다. 손가락으로 꾹꾹 눌러도 눈물이 나지 않았다. 명치가 쿡쿡 쑤셨다. 눈물이 안구를 누르기라도 하듯 눈두덩이 무겁고 아팠다. 그러고 보면 아버지가 돌아가셨을 때도 눈물이 나지 않았다. 기력을 잃은 엄마를 챙기면서 장례를 치르느라 정신이 없었다.

어항 유리에 얼굴을 바싹 붙였다. 눈을 감았다. 눈가가 시원했다. 수초가 무성하게 자란 어항을 보며 중얼거렸다.

"낚싯배 계약하는 날, 아버지를 따라갔어야 했는데…."

아버지는 계약서 쓰는 기념으로 같이 가자고 했다. 어린 아이처럼 들떠 있던 아버지를 보면서 나는 웹툰 스토리보드를 짜야 한다고 거절했다.

어항 속 물방울이 수면에서 터졌다. 어항이 깨지지 않았다면 송사리는 살아 있었을까? 송사리는 바이러스에 안 걸리겠지. 언제 죽을지 모르는, 언제 깨질지 모르는 일상적인 하루. 모든 것들이 뒤죽박죽 섞였다. 눈앞이 어지러웠다. 내일 내 심장은 뛸까? 무엇 하나 확실한 건 없었다. 갑자기 막막함이 밀려왔다.

보그르 톡톡. 어항 속 풍차가 돌면서 물방울이 올라오는 소리가 들렸다. 집 안이 너무나 조용하다. 엄마가 흥얼거리는 콧노래 소리도 없다. 아버지의 재미없는 농담도 들리지 않는다. 문득 이 집에 나 혼자 남았다는 사실을 깨달았다. 집이 너무 고요해 깊은 물속에 가라앉아 있는 것 같았다. 뱃속의 뜨거운 열기가 눈가로 올라왔다. 눈앞이 벌겋다. 눈두덩이 화끈거려 참을 수 없었다. 나는 어항 속에 머리를 밀어 넣었다. 물이 흘러넘쳤다. 어항 속에서 눈을 크게 떴다. 눈앞에서 물방울이 톡톡 터졌다.

구봉마을 김주평

K역에 내려 시외버스를 타고 사십 분을 달렸다. 나는 구봉마을에 마지막으로 남은 주민, 김주평을 만나러 가는 길이다. 버스 기사가 잔풀이 돋아난 오솔길을 가리키며 마을 입구까지 외길이라 길을 잃을 일은 없을 거라고 말한다. 버스가 먼지를 일으키고 떠났다. 길가 둥그런 바위에 검은 글씨로 '구봉마을'이라 적혀 있다.

산길을 족히 한 시간 정도 오르자, 대문이 없는 집이 눈에 들어왔다. 출발하기 전 내가 듣기로는 파란 대문집이 마을 첫 집이라고 했다. 대문은 어디로 사라졌는지 보이지 않는다. 마당에는 찢어진 꽃무늬 모자가 빨랫줄에 걸려 있고, 방 창문 유리는 깨져 있었다. 깨진 유리 창문 사이에는 빛바랜 줄무늬 커튼 자락이 끼어 있었다. 담장 낮은 집을 따라 걸었다. 돌담을 따라 걸어 들어가자 반달 모양 나무 대문이 나타났다. 대문은 양옆으로 활짝 열려 있고, 마당 귀퉁이에 빈 그네가 바람을 타고 있었다. 대문에 '구봉 민박'이라 적힌 나무패가 붙어 있었다.

'구봉 민박'은 기와집이었다. 마루에 대나무 바구니가 놓여 있었다. 바구니에는 손바닥 길이만 한 미나리가 담겨 있었다. 댓돌에 올라 주변을 둘러보았다. 조용했다. 나는 무어라 주인을 불러야 할지 잠시 고민했다. 주인장이라고 해야 하나? 숙박업이니 사장님? 하룻밤 묵으며 인터뷰를 해 오라던 부장 얼굴이 떠올랐다. 날벌레들이 얼굴에 달라붙는다. 손으로 쫓아내도 또 달라붙는다. 주변이 너무 조용하다. 도시에서만 살아온 내게 산속의 고요함은 좁은 욕실에 갇힌 느낌을 주었다. 갑갑함에 셔츠 목덜미를 잡아당겨 늘어뜨렸다.

마루에 엉덩이를 걸치고 앉았다. 살짝 열린 미닫이문을 밀었다. 방 안엔 세 발 소반만 놓여 있었다. 소반 다리에 배가 불룩한 거미 한 마리가 붙어 있었다. 거미가 없는 방으로 달라고 해야 하나. 벌레라면 질색인데. 뿌리는 약은 있을까. 꼬리를 물고 이어지는 잡다한 생각에 방문을 탁 닫아버렸다.

터벅터벅 발걸음 소리가 났다. 나는 벌떡 일어나 댓돌 아래로 내려갔다. 대문을 들어선 사내가 나를 보더니 손바닥을 바지춤에 문질러 닦았다.

"계간지 〈돌고 도는 지구〉 안동호 기자님?"

"안 기자는 일이 있어 제가 대신 왔습니다. 김지누입니다."

나는 김주평과 악수를 했다. 사내는 손바닥이 두껍고 거칠었다. 예순 후반이라는 나이에 비해 등이 꼿꼿하고 웃을 때 퍼지는 눈가 주름 때문에 서글서글한 인상이었다. 모자 밑으로 드러난 머리카락은 희끗희끗했다. 회색 점퍼를 입은 상체는 어깨가 좁고 체격은 호리호리했다. 운동화 밑창 주변에 누런 흙이 묻어 있었다.

"길 찾기가 어렵지 않았습니까? 하긴 요즘 젊은이들은 세상 어디를 가도 길을 잃지 않는다고 하더군요. 휴대전화로 보는 지도 말입니다. 허허."

김주평은 메고 있던 작은 배낭을 벗어 마루에 놓았다.

"산 두릅이 나왔나 둘러봤는데, 이제 막 순이 올라와서 빈손으로 내려왔습니다. 기자님 온다고 해서 두릅 맛을 보여주려고 했는데, 아쉽게 되었습니다. 혹시 산 두릅 먹어 봤습니까? 요맘때 나오는 두릅은 향이 참 좋습니다. 오는 교통편이 불편했지요?"

나는 각각의 다른 교통수단을 네 번 갈아타고 온 이야기를 했다. 계간지 〈돌고 도는 지구〉는 다양한 모습으로 살아가는 사람들의 진솔한 이야기를 싣는다. 의외로 구독자가 조금씩 늘고 있다. 나는 취재 방향에 관해 설명했다.

“1박 2일 동안 같이 생활하면서 사진을 찍으며, 질문하는 형식으로 하려고 합니다. 하시고 싶은 이야기가 있다면 질문과 상관없이 언제라도 말씀하시면 됩니다.”

김주평은 별말 없이 고개를 끄덕했다. 마루에 휴대전화를 올리고 녹음 기능을 켰다.

“이곳 구봉산은 암벽이 꽤 유명하지요. 가끔 제주도에서 오는 손님도 있었습니다.”

“네, 암벽등반 코스가 있다고 들었습니다. 어르신도 암벽등산하십니까?”

“하하, 아닙니다. 산나물 뜯으러 갈 때나 산에 갑니다. 제주도 손님이 기억에 남는 이유는 제가 아직 제주도를 못 가 봐서입니다. 마라도를 추천하더군요. 배는 한 번도 타 보지 못했습니다. 그러니 비행기라고 타 봤겠습니까. 뱃멀미하냐고요? 모르겠습니다. 안 타 봤으니까요. 딱히 싫다거나 이유가 있는 게 아닙니다. 어찌 살다 보니 땅만 밟고 살았네요. 늘 마음에 두고 있으면 갈 수 있지 않을까요?”

그의 목소리는 살짝 들떠 있었다. 나는 암벽등반이 취미인 부인을 따라 가끔 산에 가는 회사 부장 이야기를 꺼냈다.

“아, 기억납니다. 작년 겨울에 왔다가 갑자기 내린 눈에 발이 묶였었지요. 그분은 쭉 잠만 자다가 갔습니다. 담요에 몸을 돌돌 말고 툇마루에서 낮잠을 자고, 저기 보이는 그네에서도 잤습니다."

바람에 그네가 흔들리면서 끼익 쇠사슬 끌리는 소리가 났다. 그는 운동화를 벗고 장화로 바꾸어 신었다.

"과수원에 거름을 내야 하는데, 같이 해 보겠습니까?"

나는 고개를 갸웃했다. 여름이 오기 전에 집을 비우고 떠나야 한다고 들었다. 그런데 과수원에 거름은 왜 넣는 걸까? 떠나지 않고 살겠다는 걸까? 아닌데, 구봉마을 다섯 가구는 백두대간 생태 복원 사업의 일환으로 숲 복원에 합의하고, 지난겨울에 네 가구는 집을 비웠다고 들었다. 남은 한 가구 주민이 바로 김주평이었다.

바람은 아주 조금 차가웠고, 햇살은 막 불을 지핀 모닥불처럼 따뜻했다. 마루에 누워 잠이나 잤으면 좋겠다는 생각이 잠깐 들었다. 취재를 왔으니 따라다녀야 한다. 속으로 맹랑한 안동호 기자를 향해 욕을 퍼부었다. 녀석만 아니었다면 지금쯤 게임 박람회 취재하면서 신나게 게임을 하고 있을 텐데.

김주평이 나를 훑어보더니 벽에 걸려 있던 밀짚모자를 내밀었다. 자신이 신고 있는 장화보다 목이 짧은 장화를 마루 밑에서 꺼내 댓돌에 올려놓았다.

"일이 많지는 않습니다. 그렇다고 전혀 없지도 않지요. 예전에야 두엄을 만들고 발효시켜서 밭에 뿌렸지요. 세상 참 좋아졌어요. 거름도 농협에 주문합니다."

성큼성큼 집 뒤로 걸어간 김주평이 창고 문을 열고 외발 수레를 끌고 왔다. 나는 장화로 갈아 신은 후 집을 나섰다. 조금 전 걸어왔던 골목길을 되돌아 나가자 커다란 나무 아래 검은색 거름 포대가 쌓여 있었다.

"여기까지 배달해 주니 고맙지요. 과수원까지 날라야 합니다. 수레 끌어 보시겠습니까?"

외발 수레를 보았다. 별로 어려워 보이지 않았다. 양손으로 손잡이를 잡고 외발 바퀴로 중심을 잡으면 될 것 같았다. 자전거도 타는데 외발 수레쯤이야. 수레 손잡이를 잡았다. 잡는 순간 한쪽으로 몸이 확 쏠렸다. 반대로 몸을 비트는 순간 수레가 넘어져 버렸다. 세 발자국도 못 갔다.

"보기와 다르네요."

넘어진 수레를 세우기도 힘들었다. 민망함에 얼굴이 확 뜨거워졌다. 능숙하게 외발 수레를 세운 김주평이 수레에 거름 포대를 실었다.

"저도 외발 수레를 처음 잡았을 때 수레와 함께 도랑에 처박혔지요. 도시에서 살다 이곳에 왔습니다. 도시에서는 이런저런 일을 하며 떠돌아다녔지요. 그나마 오래 한 일은 중식당입니다. 특히 자장면이 맛있다는 평을 들었지요."

나는 김주평의 모습을 카메라에 담았다. 그는 무게가 느껴지지 않는 것처럼 가벼운 동작으로 한 손에 한 포대씩 척 척 들어 수레에 포대를 올렸다. 여섯 포대를 싣고 수레를 민다. 손잡이를 잡은 손이 단단해 보였다. 카메라 렌즈를 그의 손등에 맞추어 사진을 찍었다. 나는 빈손으로 가기가 어색해 어깨에 한 포대를 올렸다. 두 포대까지 하려고 했는데 그가 말렸다.

"안 쓰던 근육을 쓰면 꼭 탈이 납니다. 시간을 다투어 마쳐야 할 일은 아니지요."

외발 수레를 밀고 가는 그의 뒤를 따라 걸었다. 길이 좁아 나란히 걸을 수도 없었다. 담 넘어 목을 길게 빼고 앉아 있는 꼬리가 짧고 털이 누런 개는 짖지도 않았다.

"집주인이 개를 놔두고 갔습니까?"

"할머니 혼자 사시다가, 큰딸이 사는 아파트로 이사를 하였습니다. 마당에서 살던 개라 데려갈 수가 없어 저리 두고 갔지요. 지금은 제가 밥을 주고 있는데, 갈 곳이 정해지지 않아 걱정입니다."

짖지 않는 개는 나와 김주평의 움직임을 따라 목을 길게 빼고 쳐다봤다. 외발 수레바퀴 소리와 장화 발소리만 골목길을 채웠다.

과수원은 산자락 비탈지에 옆으로 길쭉하게 펼쳐져 있었

다. 밭 가운데로 거름 포대를 옮겼다. 어제도 일했는지 과수원 가장자리 나무 주변에는 거름이 뿌려져 있었다. 그는 잠시 숨을 돌리고, 나무 둥치에 있던 낫을 들었다. 낫으로 비닐 포대 한쪽 귀퉁이를 찢었다.

"나무 주변으로 뿌려 주면 됩니다."

그는 포대를 들고 휘휘 손을 흔들었다. 발효된 텁텁한 냄새가 확 풍겼다. 내가 거름 포대 하나를 들고 낑낑거리며 뿌리는 동안 그는 네 포대를 빠르게 뿌렸다.

"할 만합니까?"

거름 포대와 한 몸이 되어 몸을 비틀던 내 손에서 거름 포대가 툭 떨어졌다. 고개를 들다 마주친 그의 눈빛은 고요했다. 허술한 내 몸동작에 헛웃음도 짓지 않는다. 우스갯소리도 하지 않고 도시 촌놈 운운하지도 않았다. 그저 묵묵히 몸을 움직였다. 살던 터전을 떠나야 하는 마음은 어떨까? 뭐라고 표현해야 할까? 허전하다거나, 상실감이라 표현하기에는 무언가 부족한 것 같았다.

"민박에 오신 손님들이 묻더군요. 민박하면 수입이 얼마나 되는지, 과수원은 수입이 얼마나 되는지. 제가 사는 모습이 여유와 낭만이 있어 보인다고 하더군요. 기자님 눈에도 그렇게 보입니까?"

"산속이라 미세먼지는 없는 것 같습니다. 잘은 모르지만,

도시보다 시간적 여유는 있어 보입니다."

나는 두루뭉술하게 대답했다. 사무실에 텔레비전 프로그램 '자연인'을 챙겨 보는 동료가 있다. 일이 안 풀리면, 질리지도 않고 "자연인으로 살고 싶다"를 외친다. 도대체 전기도 안 들어오는 산골에서 얼마나 버틸 수 있을까. 내가 보기에 그냥 하는 말이다. 눈앞의 사내, 김주평이 구봉마을로 오게 된 이유가 궁금했다.

"이곳은 어르신 고향인가요?"

그는 허리를 펴고 고개를 들더니 주변을 둘러보았다. 낯선 곳에 온 것처럼 천천히 훑어보았다.

"아닙니다. 고향이라고 할 만한 곳이 없습니다. 떠돌아다녔지요. 이곳에 온 지는 이십 년이 조금 넘었습니다. 태어난 곳을 고향이라 한다면 음, 도박장이라고 해야겠군요."

예상하지 못한 이야기였다.

"어머니는 사기도박꾼이었습니다. 쌍둥이 여동생은 제가 이런 말을 하면 질색했습니다. 그게 무슨 자랑이냐고 화를 냈지요. 부끄럽거나 숨겨야 할 일은 아니라고 생각합니다. 그저 먼 과거일 뿐이니까요. 어머니요? 지난겨울에 통화를 했군요. 교도소라고 하셨습니다. 교도소 내 최고령이라고 하더군요. 늙은이를 잡아 가둔다고 한참 욕을 하셨지요. 아래채 방구들이 자글자글 끓도록 불을 넣어 놓았냐고 물었지요. 그렇다고 했더니, 방 청소해 두라고 하셨는데, 봄이 되어도 안 오시네요."

그는 혼잣말처럼 중얼거렸다.

"며칠 전부터 어머니가 자꾸 꿈에 보이네요."

산새 소리도 끊어진 주변 공기가 무겁게 느껴졌다. 나는 방향을 바꾸어 질문했다.

"이사 갈 집은 마련했습니까?"

그는 고개를 저었다. 이곳에 오기 전 받았던 자료에서 본 내용을 이야기했다.

"이주민 대책이 있다고 들었습니다. 아닌가요?"

그의 얼굴에 쓸쓸한 그림자가 졌다.

"과수원도, 집도 세 들어 살았습니다. 수확물에 대한 보상금은 나옵니다."

시골이라고 해서 세입자가 없을 수 없는데. 내가 너무 안일하게 생각했다. 들었는데 깜박한 건가? 부장 손에 등 떠밀려 내려오기 전 일을 떠올려 보았다.

"사라지는 마을, 마지막 주민. 김주평. 나이 67세. 과수원과 구봉 민박을 한다. 김지누, 네가 마지막 구봉 민박 손님이다. 당장 출발해!"

담배 피우다가 목덜미 잡혀 부장실로 불려 갔다. 부장이 읊어 대는 말을 알아듣기에 첫 단어 한 음절로 충분했다.

"뭔 소리예요? 구봉산에는 맹랑한 안동호, 녀석이 이미 출발했잖아요."

부장 입술이 삐뚜름하게 일그러졌다.

"그놈 병원에 있어. 어젯밤에 술 처먹고 가로등을 상대로 시비 걸다 팔이 부러졌다."

"헛소리! 나도 병원 입원할 예정입니다. 내시경 검사, 맞아요. 내시경 검사합니다. 대장, 위, 뱃속을 샅샅이 훑을 예정이라 못 갑니다. 못 가요!"

멀쩡한 뱃속까지 들먹이며 항의했지만, 오 분도 못 버티고 사무실에서 쫓겨났다. 안동호, 얄미운 새끼. 현장 취재 담당 기자가 입맛 따라 일을 고른다. 입사한 지 이 년 차 녀석이 선배 알기를 신발 밑창처럼 여기다니. 뺀질거리는 안동호 기자가 그럴듯한 핑계를 대고 내던진 일들은 번번이 내게 넘어왔다.

아침에 있었던 일이라 기억은 명확하다. 김주평이 구봉마을 세입자라는 정보는 없었다. 인터뷰 방향을 바꾸어야 했다. 현재 그의 일상생활에 관해 물어보기로 했다. 떠나는 마당에 거름을 넣을 정도로 애정을 보이는 과수원에 관해 물었다.

"봄에는 거름을 넣어 주고, 여름에는 배 봉지를 씌웁니다. 농약을 뿌려 주고 비가 적당히 오기를 기도하면서 햇빛이 잘 들기만 바라지요. 걱정이라면 태풍이죠. 배가 주먹만 해지면 꼭 강풍을 동반한 태풍이 들이닥칩니다. 강풍이 과수원을 쓸어 버리면 한 해 농사 망치게 되지요. 가지가 부러지거나, 뿌리째 뽑히기도 합니다. 사람의 힘으로 어쩌지 못하는 게 날씨라지만 속은 상합니다. 겨울에는 배나무 가지치기를 일주일 정도 짬짬이 해 주면 됩니다."

그는 배나무 둥치를 손바닥으로 쓸어내렸다. 어색한 웃음을 지으며 직장 생활을 한 지 얼마나 됐는지 내게 물었다.

"입사한 지 사 년입니다. 그전에는 드라마 세트장에서 조명 들고 서 있기도 하고, 고깃집 숯불 피우기, 가장 기억에 남는 일은 동물원 우리 청소입니다. 동물 똥이 사람 똥보다 냄새가 덜 나더군요."

내가 알바를 하면서 겪었던 일을 부풀려 말하자 그의 입꼬리가 꿈질꿈질했다. 그의 표정이 한결 풀어졌다.

"김 기자님은 활달한 성격인가 봅니다. 저는 소심한 성격입니다. 뒤늦게 후회를 하는 편입니다. 여길 떠나 어떻게 살아야 할지 모르겠습니다."

말꼬리를 흐리던 그가 마른기침했다. 나는 거름 포대를 거꾸로 들고 탈탈 털었다. 장화 발등 부분에 거름 한 무더기가 투둑 떨어졌다.

나는 조금 전 말을 하다가 방향을 돌렸던 어머니 이야기를 꺼냈다.

"마을이 없어지는 걸 어머니는 아십니까? 혹시 어머니가 이곳으로 오시면 길이 어긋나 어찌합니까?"

내 말에 그가 잠시 가만히 있더니, 입을 열었다.

"어머니 이야기를 더 해도 될까요?"

나는 고개를 끄덕했다.

"어머니는 교도소 기술 센터에서 미용 기술을 익혔습니다. 출소 후, 미용실에 일을 다니고 석 달을 못 가 그만두더군요. 돈이 안 된다며 싫어하셨습니다. 좀 자라서는 어머니가 교도소로 가면서 동생과 저는 보육원에 맡겨졌지요. 출소하는 날에는 늘 같은 말씀을 하셨지요. 한 직장에 오래 다니겠다. 동생과 저는 이사 안 가도 되겠다며 좋아했습니다. 짧게는 하루도 못 가 그만둔 일도 있었습니다. 무슨 일인지 궁금하시죠? 가구 만드는 일입니다. 사포질에 어깨가 빠질 것 같다며, 출근하고 반나절 만에 돌아오셨지요. 그날 밤 어머니는 도박장으로 달려갔습니다."

허리를 굽힌 그가 빈 거름 포대를 힘주어 꾹꾹 눌러 가며 접었다.

나는 별로 한 일도 없는데 배가 고팠다. 공기가 달라서인가? 아니면 흙을 밟아서인지도 모르겠다. 도시에서 생활을 떠올려 보았다. 실내 헬스장에서 가끔 운동하고, 회사 동료들과 스크린 야구장에서 배트를 휘두르고, 실내 주점에서 맥주를 마시면서 인터넷 뉴스나 유튜브에 올라오는 엉뚱하고 기이한 일들에 대해 떠들곤 했다.

배에서 꼬르륵 소리가 났다. 빈 거름 포대를 옆구리에 끼고 가는 그의 뒷모습을 사진으로 담았다. 도박장에서 태어난 사내는 고향을 가지고 싶었던 걸까? 고향이 가지는 의미는 뭘까? 내가 사는 도시와 가족이 사는 아파트, 어디가 고향일까?

과수원을 내려와 집으로 돌아온 그가 말했다.

"둘러보고 마음에 드는 방을 고르시면 됩니다. 김 기자님이 마지막 손님이네요."

억양 없이 건조한 그의 목소리가 내 귀에는 습하고 무겁게 들렸다.

그가 준비한 점심 밥상은 텃밭에서 뜯었다는 한입 크기의 자잘한 상추와 쑥갓에 쌈장, 미나리나물, 산나물 된장국이었다.

나는 점심을 먹고 그네에 앉아 커피를 마신다. 그는 등을 굽히고 앉아 투박한 손으로 화단에 꽃모종을 심고 있다.

"핫립세이지입니다. 늦가을까지 꽃이 피지요. 아주 작고 귀여운 꽃이 하얗고 빨간 두 가지 색을 가지고 있습니다."

나는 그가 참 이상한 사내라고 생각했다. 곧 떠나는 집 화단에 꽃을 심다니. 왜 그러냐고 물어보고 싶은데 어쩐지 말을 하면 안 될 것 같았다.

그가 초록 이파리를 똑 따서 내게 내밀었다.

"문질러 향을 맡아 보세요."

엄지와 검지를 문질러 코끝에 잎을 대 보았다. 시원한 향이 났다.

"박하 향이네요."

"시원하고 달콤한 박하 향이지요. 꽃 끝부분에서 꿀이 나옵니다. 벌들이 좋아하는 꽃입니다. 지난여름에 찾아온 어느 시인이 꽃을 보더니 배냇짓하는 아기 입술 같다고 말하며 눈가를 붉히더군요. 태어나 한 달을 못 넘기고 가슴에 묻은 첫아기가 떠올랐다며 화단을 떠나지 못했지요. 이번 여름에 다시 오겠다고 했는데, 혹시라도 이 꽃을 볼 수 있으면 좋겠습니다. 철거 작업이 늦어질 수도 있고, 화단은 그냥 놔둘 수도 있지 않을까요? 사람 일은 알 수 없으니까요. 배냇짓하는 아기를 본 적이 있습니까?"

아기라는 말을 하면서 그의 입가가 슬며시 풀어졌다.

"한때 중식당을 했다고 했지요. 가게가 뒷골목에 있기는 했지만, 꽤 장사가 잘됐습니다. 여동생이 가게 일을 도와줬지요. 배달이 많아지면서 직원을 구했습니다. 막 고등학교를 졸업한 남자애였는데, 체격이 호리호리하고 손목도 가는 데다 말투도 조용해서 얼마 버티지 못하고 그만둘 줄 알았습니다. 첫인상과 달리 부지런하고 동작도 빨라 배달 손님들 사이에서 평이 좋았어요. 가게가 자리를 잡고 난 후, 한 달에 하루 문을 닫고 쉬는 날을 가졌지요. 휴일이 지나 가게에 나갔는데 건물 주인이 와 있더군요. 가게를 언제 비워 줄 거냐며 부동산에서 세입자를 구했다고 했습니다. 무슨 말이냐고 물었더니, 여동생이 가게 보증금을 받아 갔지 않냐 도리어 되물었습니다. 그제야 사정을 알았습니다. 녀석과 여동생이 가게 보증금을 챙겨 도망간 겁니다."

그는 마른 입술을 달싹이며 꽃삽을 화단에 깊숙이 찔러 넣었다. 흙을 퍼 올려 옆으로 옮겨 놓고 꽃모종을 구덩이에 넣었다.

"일 년 넘게 찾아다녔습니다. 잡기만 하면 흠씬 두들겨 패 주리라, 훔쳐 간 돈에 이자까지 받아 내겠다, 다짐했지요."

하루아침에 가게를 잃었던 그의 젊은 시절을 생각하며 나도 모르게 냉큼 물었다.

"찾았습니까?"

그가 쓴웃음을 지었다.

"오일장을 따라 옮겨 다니며 장사하고 있더군요. 트럭을 개조해서 자장면을 팔고 있었습니다. 짜장을 볶고 있는 녀석의 갸름한 얼굴을 제가 먼저 알아봤지요. 트럭 옆, 플라스틱 의자에 여동생이 아기를 안고 앉아 있었습니다. 퉁퉁 부은 얼굴이라 처음에는 못 알아봤습니다. 아기가 있을 거라고는 상상도 못 했으니까요. 할머니 두 분이 아기를 들여다보며 두런두런 이야기하고 있었습니다. 여동생이 아기를 어르며 웃었습니다. 찐빵처럼 부푼 얼굴이라 눈이 더 작아 보이더군요. 아기나 산모에 대해서 잘 모르지만, 집에 있어야 하는 거 아닌가? 우습지요? 찾으면 목을 졸라 버리겠다 벼르고 있었는데, 걱정이 앞서더군요. 녀석이 아기 아빠가 됐다며 어깨를 들썩거리며 좋아했습니다. 아기 이름을 딴 가게를 준비 중이라며, 돈을 많이 벌어 아기를 위해 적금도 넣을 거라고 했습니다. 어이없기도 하고, 뿌듯하기도 하고, 보고 있는데 화가 치밀었다가 자꾸만 눈가가 화끈거리더군요. 갈비뼈 사이로 바람이 들어차는 것 같기도 하고, 목구멍을 사포로 문지른 것처럼 말이 나오지 않았습니다."

그는 코를 킁킁거리더니 손등으로 눈가를 꾹 눌렀다.

"그보다 더 황당한 일이 뭔지 압니까? 녀석이나 여동생이 절 못 본 척하더군요. 분명 눈이 마주쳤는데, 제 꼴이 말이 아니긴 했습니다. 그렇다고 못 알아볼 정도는 아니었습니다. 그저 몸이 좀 축나고, 제대로 씻지 못했는데, 이발하지 않아 목덜미까지 머리가 길었다고 몰라볼 수는 없지요. 분명 외면한 겁니다. 많은 생각이 한꺼번에 밀려들더군요. 할 말이 너무 많은데, 눈앞에 마주하고 있으니 도리어 말문이 막히더군요."

그는 말을 멈추고 거친 숨을 후 내쉬었다. 어깨가 축 처진 그는 키가 한 뼘은 줄어든 것처럼 보였다. 나는 목청을 조금 높여 말했다.

"저는 그럴 땐 어제 만난 사이처럼 '또 만났네' 합니다."

내 말에 그가 고개를 끄덕하더니 쓴웃음을 지었다. 그러나 눈은 웃지 않았다. 그의 눈은 나를 보고 있지 않았다. 먼 곳을 응시하는 그의 눈길이 어디를 향하는지 알 수 없었다. 그가 말을 이었다.

"머뭇거리는 사이 녀석이 제 손에 무언가를 덥석 얹어 주더군요. 나중에 차에 돌아와 보니 뭉개진 백설기 떡 한 덩어리가 있었습니다."

투박한 손으로 흙을 모아 뿌리 주변을 토닥거리는 손길이 아기 등을 어루만지는 손길 같았다. 나는 카메라에 그의 모습을 담으며 녹음이 되고 있는지 확인했다. 참새 떼가 날아와 담장에 앉았다.

"꽃을 늘려 가는 재미가 있습니다. 읍내 시장에 나갈 일이 있으면 모종을 사 와서 심는 일이 낙이 되었습니다."

꽃모종을 다 심은 그는 뒷정리하고 대문을 나섰다. 한낮을 지나자 햇살이 풀어져 눈부심이 줄어들었다. 자연에 살면 누구나 시인이 된다는 말이 떠올랐다. 눈앞의 사내는 가슴에 쌓여 있던 말을 풀어내고 있었다.

"배꽃이 화사합니다. 깊은 밤에 일어나 배꽃을 보면 그 또한 절경입니다. 그저 보고 또 봅니다. 눈을 뗄 수 없지요. 저는 배꽃이 사람을 홀린다는 것을 이곳에 와서 알았어요. 살면서 배꽃을 볼 일이 없었으니까요."

우리는 거름을 뿌린 과수원으로 올라갔다. 밭에 도착하자 나뭇가지마다 피어 있는 흰 배꽃이 눈에 들어왔다. 거름을 뿌릴 때는 흘려 보았던 꽃이었다. 이제 막 꽃이 피기 시작한 나무도 있고, 꽃봉오리가 부풀기 시작한 나무도 있었다. 그가 가지 끝을 잡고 배꽃 하나를 손끝으로 툭 땄다. 그 순간을 카메라로 찍었다.

"꽃을 따서 꽃차를 만듭니까?"

말린 꽃차라면 본 적이 있다. 내 말에 그가 처음으로 소리 내어 껄껄 웃었다. 얼굴 가득 퍼지는 웃음에 눈가 주름이 깊어졌다. 그의 얼굴이 카메라 가득 차도록 렌즈를 조절했다.

"아닙니다. 꽃마다 열매가 맺히면 배가 자잘해집니다. 굵어지지 않지요. 맛도 못하고, 상품 가치도 떨어집니다. 탁구공 크기로 자라는 여름에 배 봉지를 사야 하는데, 그때 솎아 내려면 날도 덥고, 힘이 배로 듭니다."

이곳을 떠나면 가을에 배를 수확하러 올 수 있을까? 백두대간 생태 복원으로 몇 년간 출입 제한을 한다고 들었는데, 두 계절만 지나도 오가는 길이 없어질 게 뻔했다. 어찌 보면 그가 지금 하는 모든 일들이 헛수고가 된다. 취재를 위해 보여 주는 행동이라고 보기에는 그의 말이나 행동, 표정이 고목처럼 무겁게 보였다. 나는 지금 내 눈앞에 보이는 김주평에게 집중하기로 했다.

"나무마다 꽃 피는 시기가 다른가요? 저 나무는 아직 봉오리도 안 올라왔네요?"

"저 나무는 만풍배 품종입니다. 제일 늦게 피지요."

그가 꽃봉오리가 진주목걸이처럼 매달린 가지를 잡아당겼다. 꽃가지가 휘어져 그의 얼굴 절반을 가렸다. 카메라 렌즈에 들어온 그의 얼굴이 웃는 것 같기도 하고, 울음을 참고 있는 것 같기도 하다.

"이 나무는 돌배 품종입니다. 맛은 못하지만 찾는 사람들이 있습니다. 효소를 담는다고 해마다 전화로 주문하는 분들도 있습니다. 올배라고 알려진 원황이 먼저 피고, 이삼일 뒤에 신고배 품종 꽃이 핍니다."

그가 하는 대로 따라 나도 꽃을 땄다. 반대 방향 꽃 두 개를 남기고 나머지 꽃을 따냈다. 꽃을 따는 내 손끝이 살짝 떨렸다. 혹시라도 잘못 건드려 꽃송이 통째로 따 버릴까 조마조마했다. 그러다 또 순간적으로 갈등했다. 이렇게까지 할 필요가 있나? 의문이 들었다. 떠나는데, 이게 다 무슨 소용인가. 내가 떠나는 것도 아닌데, 이상하게 머리가 복잡해졌다. 뒤엉키는 생각으로 머리와 손이 따로 움직였다. 손끝에서 떨어진 꽃은 까만 거름 위로 사푼사푼 떨어졌다.

내가 배나무 가지를 붙잡고 따야 할 꽃과 남겨 두어야 할 꽃을 고민하는 사이, 그는 거침없이 꽃을 땄다. 그는 노련한 농부였다. 햇빛이 가늘어질 무렵 그가 일손을 멈추었다.

"내일 딸 꽃은 남겨 둬야지요. 사나흘 정도 하면 끝마칠 수 있습니다."

나는 꽃을 따면서 내내 머릿속을 괴롭히던 말을 조심스럽게 꺼냈다.

"과수원을 두고 떠나야 하니, 많이 허전하시겠습니다."

그는 말없이 고개만 끄덕했다. 나는 고개를 돌리다 산 정상 근처 나무 사이로 보이는 기와지붕이 무엇인지 물었다.

"암자입니다. 얼마 전까지 스님 한 분이 계셨는데, 입적하신 후 비어 있습니다. 암벽에 새겨진 석불이 볼 만합니다. 해가 지려면 시간이 남았는데, 가 보겠습니까?"

암자를 향해 출발했다. 산 정상까지 700m가 남았음을 알리는 푯말이 세워져 있었다. 완만한 소나무 숲길을 걸어 들어가자 오르막길이 나왔다. 곳곳에 작은 돌탑도 보였다. 200m 남았다는 푯말 아래서 올라온 길을 돌아보았다. 소나무 숲이 어둑하게 보였다. 먼 하늘에 노을이 퍼지고 있었다.

암자 앞 마른 땅에 빗질 자국이 남아 있었다. 비어 있다고 했는데 누군가 다녀간 모양이었다. 나는 허리를 펴고 거칠어진 숨을 골랐다. 암벽 석불 앞으로 다가간 그가 모자를 벗어 손에 쥐더니, 허리를 굽혀 절을 한다. 돌아선 그의 얼굴에 잔잔한 미소가 번지고 있었다.

"곧 떠나게 되었다고 인사했습니다."

그는 암자에서 조금 벗어나, 낭떠러지 쪽으로 걸어갔다. 넓적한 바위에 앉은 그는 산 아래를 내려다보았다. 그가 자신의 옆자리를 손바닥으로 툭툭 쳤다. 나도 그의 옆에 앉았다. 어깨를 나란히 하고 앉아 우리는 주변 산등선을 보고, 먼 숲을 보았다가, 눈앞의 나뭇가지에 앉은 산비둘기를 보았다. 숲에 가려진 민박집 지붕은 한 귀퉁이만 간신히 보였다. 그가 나지막한 음성으로 읊조리듯 말했다.

"생태 복원 사업이 시작되면 마을은 흔적도 없이 사라질 겁니다. 그래도 배나무는 남아 있겠지요. 배는 산짐승들 먹이가 될 겁니다."

나는 주변 풍광을 카메라에 담았다. 그는 벗었던 모자를 푹 눌러썼다.

"사실 저는 사람을 죽였습니다."

나도 모르게 멈칫했다. 살인이라니. 그가 몸을 돌려 암벽 석불을 바라보며 말했다.

"여동생 부부를 만나고 돌아오던 길이었습니다. 장터를 벗어나 도로에서 신호등에 걸렸는데 아기 옷 파는 가게가 눈에 들어왔습니다. 무작정 가게로 들어가 말했지요. 백설기 떡을 받았다. 주인이 아기가 여자아이냐고 묻더군요. 모르겠다고 했더니 흰옷 한 벌을 권했습니다. 옷을 사서 차를 몰아 장터로 갔습니다."

갑자기 그가 고개를 푹 숙였다. 고개를 숙인 채 그가 말했다. 한층 더 낮아진 그의 목소리는 바싹 마른 나뭇잎처럼 버석거렸다.

"장터 입구에서 녀석과 여동생이 탄 트럭이 빠져나가는 것을 봤습니다. 창문을 내리고 여동생 이름을 불렀지요. 지금 생각하면 그러지 말았어야 했는데. 녀석이 나를 봤습니다. 속도를 올리더군요. 트럭을 따라 차를 몰았습니다. 좁은 2차선 국도였습니다. 녀석이 모는 트럭이 갑자기 속도를 올리더니 앞서가던 경운기를 추월하려고 반대 차선을 넘었습니다."

그는 두 손으로 머리를 감싸고 거친 신음을 흘렸다. 그의 입에서 띄엄띄엄 나오는 목소리는 높아졌다 낮아졌다 했다.

"그날의 기억이 조각 나 있습니다. 깨진 유리 조각처럼 현실인지 헛것인지 구분이 안 됩니다. 변명 같지만, 제정신이 아니었지요. 지금 생각해도 뿌연 안개에 휩싸여 있는 것 같습니다. 정신을 차렸을 땐, 녀석의 트럭이 마주 오던 화물차와 정면으로 충돌한 상태였습니다."

나는 입술만 달싹거리다 아무런 말도 하지 못했다. 그가 힘겹게 입을 열었다.

"상대방 운전자는 문을 열고 걸어 나왔습니다. 다리를 다친 듯 비틀거리더군요. 녀석은 중환자실에서 보름쯤 있었는데, 끝내 눈을 뜨지 못했습니다. 여동생은 그날 사고로 한쪽 눈 시력을 잃었습니다. 그저 아기 옷을 전해 주려고 했을 뿐인데, 저 때문입니다. 제가 죽였습니다. 끔찍했습니다. 맨정신으로 있을 수 없었지요. 술이 아니면 숨 쉬기도 힘들었습니다. 길에서 지내다가 누군가의 손에 이끌려 복지시설에 들어갔습니다. 그곳 복지사가 이곳을 소개해 주었지요. 처음에는 과수원 일꾼으로 왔습니다. 집주인이 민박을 맡아 해 보지 않겠냐는 말에 이곳에서 살게 되었습니다."

그는 바싹 마른 입술을 피가 나도록 깨물었다. 주변은 새순이 돋아나는 봄 초입인데, 어깨를 움츠린 그는 늦가을 서리를 맞은 장승처럼 꺼멓게 보였다. 그가 중얼거리듯 말했다.

"산을 내려가 사람들 속에 살아도…."

나는 그의 뒷말을 듣지 못했다.

산에서 내려오는 동안, 해가 지고 주변이 회색빛으로 물들기 시작했다. 나무 그림자가 길어지고, 바람에 풀 그림자가 흔들렸다. 마른 솔잎을 밟은 나는 발이 미끄러져 엉덩방아를 찧었다. 내 손을 잡아 일으켜 주던 그가 물었다.

"제 인터뷰 기사가 나가고 나서 말입니다."

"기사로 내면 안 되는 내용이 있다면 말씀해 주십시오."

그는 고개를 저었다.

"그게 아니라, 혹시 제 여동생과 연락이 닿으면 제게 알려 줄 수 있습니까?"

"물론입니다. 제가 꼭 기억했다가 챙기겠습니다."

저무는 햇살이 비친 그의 눈가가 얼핏 붉게 보였다.

"저녁은 생선을 구울까 합니다. 간고등어가 있는데 괜찮을까요? 쌀뜨물에 씻어 숯불에 구울까 합니다. 장작이 많이 남았거든요. 양념간장을 따로 준비하겠습니다. 여동생도 고등어구이는 양념간장에 찍어 먹었지요."

산에서 내려와 대문을 들어서자, 달이 떠올랐다. 둥그런 보름달이었다. 휴대전화 문자 알람이 울렸다. 그는 저녁을 곧 준비하겠다 말하며 아래채로 들어갔다. 나는 마당에 있는 그네에 앉아 맹랑한 안 기자가 보낸 문자를 보았다.

'선배, 멧돼지 만났어요? 거기 멧돼지 출몰 지역이래요. 무사히 돌아와 저랑 소주 한잔해요.'

나는 문자를 보며 피식 웃고 말았다. 맹랑한 녀석. 자기가 계산하겠다는 말은 없다. 이상하게도 얄미운 놈의 문자를 읽으면서도 화가 나지 않는다. 녀석이 내게 일을 떠넘긴 이번 일도 그냥 넘어가 주리라 슬쩍 마음먹었다.

그때 갑자기 개 짖는 소리가 들렸다. 자신의 존재를 알리고 저녁밥을 달라는 듯 길게 울었다가 재촉하듯 캉캉 연달아 짖었다.

그네에 등을 기댔다. 달빛에 과수원이 희끔하게 보였다. 까만 거름을 뿌린 과수원 바닥. 그 위로 떨어진 배꽃, 가지마다 핀 하얀 배꽃, 화질 선명한 스크린이 펼쳐진 것처럼 눈앞이 온통 배꽃으로 가득 찼다. 발끝을 세워 그네를 밀었다.

각설탕

"한때 꽤 잘나갔지."

피트니스 센터가 떠나가라 울리는 댄스곡에 원구는 쓴웃음을 지었다. "내가 제일 잘나가. 내가 제일 잘나가." 같은 구절이 이어진다. 원구는 속으로 중얼거렸다. '잘나가다 엎어지면 못 일어나.' 씁쓸함에 쓴물이 올라오려 했다.

업소용 청소기를 세우고 실내를 훑어보았다. 마칠 시간이 지났는데 세 사람이나 남아 있다. 회원들이 모두 나가기를 기다려야 한다. 상대적으로 보수가 좋은 곳을 찾아 일자리를 옮기다 보니 야간 청소 일을 하게 됐다. '그놈의 푸드트럭만 안 했어도.' 주말 장사만으로 트럭 할부금은 낼 수 있다는 말에 홀딱 넘어가 트럭부터 뽑은 게 잘못이었다. 석 달을 버티고 나자 트럭 할부금이 고스란히 빚으로 남았다.

생각만 해도 울화가 치밀었다. 원구는 청소기 손잡이를 꽉 움켜잡았다. 갑자기 여자 회원이 원구에게 수건을 집어 던졌다.

"아, 짜증 나. 냄새나잖아. 코가 있으면 직접 맡아 봐."

힙업 기구에서 내려온 여자가 손을 허리에 얹고 원구를 쏘아본다. 날아온 수건에 원구는 왼쪽 뺨을 제대로 맞았다. 손바닥으로 뺨을 문질렀다. 여자의 앙칼진 소리를 듣고 벤치 프레스에서 운동하던 사내가 거들고 나섰다.

"야, 야! 청소 제대로 해라. 보는 사람 없다고 대충대충 하지 말고. 바이크 사이에 먼지 봐라. 덩어리로 뭉쳐 다닌다."

말끝을 살살 굴리면서 사내가 빈정거렸다. 수건을 던진 여자는 사내에게 눈웃음을 날리며 탈의실로 들어갔다. 사내는 벌어진 어깨를 자랑이라도 하듯 몸에 달라붙는 민소매 티에 엉덩이만 간신히 가린 쇼트 팬츠를 입고 있다. 허벅지 근육이 성난 것처럼 툭 튀어나왔다. 원구가 가만히 있자 사내가 소리 없이 입술을 움직였다.

'찌질한 새끼.'

원구는 표정 없는 얼굴을 유지하느라 머릿속으로 숫자를 센다. 수건은 원구 담당이 아닌데, 그 말을 한다고 해서 바뀌는 것도 없다. 종종 있는 일이었다. 원구는 구석으로 가서 청소기 선을 길게 뽑아 콘센트에 꽂았다. 벽시계는 이미 밤 11시 20분을 넘었다. 창밖으로 보이는 도로에 차들이 빠르게 지나가고 있다. 화려한 간판 불빛 아래, 취기 오른 사람들이 2차를 외치며 우르르 몰려간다. 열린 창문으로 달

달한 냄새가 올라왔다. 까르르 웃음소리에 창밖을 내다보았다. 교복 입은 여학생들이 갓 구운 와플을 받아 들고 웃고 있다. 포장마차 덮개에 그려진 와플이 먹음직스러워 보인다.

사내가 휴대전화를 들고 영상 통화를 하며 탈의실로 들어간다. 낄낄거리고 웃으며 큰 소리로 말한다.

"3층짜리라 얼마 안 줬지. 좋은 물건 있으면 말해봐. 나? 지난번에 산 거? 리모델링 중이지."

사내가 목에 두르고 있던 수건을 바닥에 던지고 갔다. 아령을 들고 거울 앞에서 포즈를 취하던 중년의 사내가 원구를 힐끔 보더니 벽에 걸린 시계를 본다. 뱃살이 두툼하다. 팔을 올렸다 내릴 때마다 앓는 소리를 심하게 한다. 영업시간은 이미 지났다. 헬스장 회원이 모두 나가야만 청소를 시작할 수 있다. 기다려야 한다. 기다린 만큼 청소를 마치는 시간도 늦어진다. 원구는 슬슬 짜증이 나기 시작했다. 중년의 사내는 아령을 바꿔 가며 등 근육을 확인까지 한다. 거친 숨을 헉헉 쏟아 낸다. 일은 시작도 못 하고 있다.

사무실에서 관리팀장이 원구에게 들어오라는 손짓을 했다.

"작업 변경 있어요. 휴게실 인테리어 끝났으니까 대청소하고, 1층 로비에 대형 거울 새로 들어온 거 봤죠. 뒤쪽까지 깨끗하게 청소하고. 유리는 당연히 얼룩 없도록 닦아 놔요.”

스물아홉 살 청년이 관리팀장이다. 앳되어 보이는 갸름한 얼굴과 달리 몸은 근육 덩어리다. 원구보다 두 살 어리다. 두 살 차이밖에 안 나는데, 싸가지 없게 말끝을 잘라먹는 못된 버릇이 있다.

“저 혼자서요?”

작업일지를 쳐다보던 팀장이 고개를 들었다. 눈을 껌벅이고는 어깨를 으쓱했다. 알아서 하라는 건지, 자기는 알 바가 아니라는 몸짓이다. 작업일지에서 종이 한 장을 빼내 원구에게 내밀었다. 작업 내용을 항목별로 적어놓았다.

“아침에 사장님이 직접 확인한다고 하니까 확실하게 해놔요. 괜히 나한테까지 불똥 튀지 않게 해요. 직원들 줄이고 있는 거 알죠? 찍히면 바로 아웃!”

하, 정직원이라 그런가, 협박도 고급지게 한다. 원구는 혀끝으로 텁텁한 입안을 훑었다. ‘일은 늘리고 직원은 줄이면 뭘 어쩌라는 건지.’ 원구가 대답 없이 입만 우물거리자 팀장이 짜증스러운 투로 말했다.

“작업하는 곳만 불 켜고 해요. 다 켜지 말고.”

원구는 고개만 까딱하고 사무실을 나왔다. 사회생활에서 나이는 마이너스 지갑 같았다. 해가 바뀔수록 나이는 식빵 가장자리만큼의 가치도 없었다. 이력서를 넣는 일마저 포기했다. 삼백 장 넘게 이력서를 썼다던 동기 녀석이 다리에서 뛰어내렸다는 소문을 들었다. 전화했는데 없는 번호라는 기계음이 나왔다.

원구는 회색 야구모자 챙을 손끝으로 꾹 눌렀다. 가장자리에서 터져 나온 실밥 한 올이 눈앞에서 흔들린다. 실밥을 뜯어 손가락에 감았다. 온갖 포즈로 근육인지 지방인지 구분이 안 되는 몸통을 확인하던 사내가 샤워실로 들어간다. 원구는 전등 스위치 여섯 개 중에 세 개를 껐다. 순식간에 복도 쪽이 어두워진다. 속으로 욕을 퍼부었다.

'헬스장이 탄광 갱도냐, 즐비한 기구들을 다 닦아야 하는데 전등 한 개 켜 놓고 청소하라니. 미친놈! 헤드 랜턴이라도 지급하든가. 팀장이라고 해봐야 고용된 입장은 같은데, 으스대는 꼴이라니.'

건들대는 걸음으로 팀장이 센터를 빠져나갔다. 사무실 전등을 끄지 않은 채였다.

17층 빌딩의 2층부터 4층까지 피트니스 센터다. 5층과 6층은 골프 연습장인데 피트니스 센터를 같이 사용했다. 월 사용료가 원구 월급보다 많다는 소리를 들었다. 피트니스 센터는 '잘나가는 사람'들이 정말 많이 모여들었다. 센터는 층별로 한 명이 청소를 맡아서 한다. 원구가 맡은 2층은 운동 기구가 많아 다들 일하기 꺼리는 층이다. 복도와 계단은 심씨 아저씨가 한다. 왼발이 불편한 심 씨는 걸을 때 한쪽 어깨가 옆으로 기운다. 직원을 줄인다는 말이 돌고부터 서로 눈 마주치는 일도 없어져 버렸다.

원구는 몸통이 큰 업소용 진공청소기를 앞뒤로 밀었다. 운동 기구들 사이에 청소기를 깊숙이 밀어 넣었다. 뒷걸음으로 나오다 기구 손잡이에 어깨를 부딪쳤다. 눈물이 찔끔 나게 아프다. 욕이 튀어나왔다. 번번이 부딪친 자리에 또 부딪힌다. 어깨가 욱신거린다. 청소기를 확 잡아당겼다. 일일이 신경 쓰다가는 시간 안에 청소를 끝낼 수 없다. 해야 할 일이 평소보다 많은 날이다. 마음이 급해졌다. 바닥을 밀대로 밀고 나자 등줄기로 땀이 주르르 흘렀다. 물걸레로 기구 구석구석을 문질렀다. 허리를 굽히고 로잉머신 뒤쪽까지 물걸레질하는데 목덜미에 날카로운 통증이 몰려왔다. 젠장, 쉴 틈도 없이 움직였는데, 벌써 새벽 4시를 넘었다. 원구는 청소 도구함을 밀고 로비로 내려갔다. 눈에 띄는 대형 거울을 먼저 닦고 휴게실 청소를 해야 마음이 놓일 것 같았다. 거울은 얼추 원구 키보다 두 배 넘게 컸다. 계단 청소하고 내려온 심 씨가 청소 사다리를 내밀었다.

"아저씨 구역인데 왜 나보고 하라는 거예요?"

툴툴거리는 원구 말에 심 씨가 손바닥으로 자기 허벅지

를 툭 쳤다.

“구역을 늘렸으면 일당을 올려 줘야죠. 화장실 갈 틈도 없이 뺑이 치라는 거잖아요.”

짜증 섞인 원구 말에 심 씨가 못 들은 척했다.

“사다리는 내가 치울 테니 놔두고 가.”

심 씨가 절뚝거리는 걸음으로 청소기를 밀면서 멀어진다.

대형 거울은 두 번이나 닦아냈는데도 얼룩이 보였다. 원구는 한숨이 나왔다. 비스듬히 서서 눈을 가늘게 뜨고 거울을 훑었다. 얼룩 한 점 없이 닦기는 불가능했다. 거울을 둘러싼 테두리는 까만색이다. 위에서부터 쭉 한 번에 닦아야 얼룩이 안 남는다. 걸레에 세제를 뿌리며 원구는 거친 숨을 뱉어냈다.

“에이, 씨팔. 이딴 걸 왜 만들고 지랄이야. 아오, 진짜 이런 걸 만든 놈들은 다 지옥에 보내야 해.”

벽에 걸린 포스터가 거울에 비친다. 근육이 돋보이도록 자세를 잡고 서 있는 헬스 트레이너들 사진이다. 거울에 세제를 칙칙 뿌렸다. 세제 거품이 흘러내린다.

사다리에서 내려온 원구는 어깨를 돌리다 비명을 내뱉었다. 어깻죽지가 찢어지는 것 같았다. 오픈 시간이 한 시간밖에 안 남았다. 서둘러 휴게실로 갔다. 휴게실 가구는 눈부시도록 하얀색이었다. 어이가 없어 원구는 온몸에 힘이 빠졌다. 사장이 선호하는 색이라더니, 휴게실을 온통 흰색으로 했다. 이미 땀으로 흠뻑 젖은 몸은 팔다리가 무거워 당장 눕고 싶다는 생각뿐이다.

"이게 다 무슨 짓이야! 지들이 청소 안 한다 이거지!"

커피 한 방울만 튀어도 눈에 확 띄는 흰색 테이블에 흰색 의자다. 원구는 걸레를 바닥에 내던졌다. 어떻게든 시간 안에 끝내려고 움직였더니 발바닥이 화끈거렸다. 시간은 벌써 5시를 넘었다. 헬스장 오픈은 6시다.

원구는 작업일지를 팀장 책장에 던지고 피트니스 센터를 나왔다. 길을 걷다가 울렁거리는 속을 참으려 몇 번이나 걸음을 멈추어야 했다. 코끝에서 세제 냄새가 사라지지 않는다. 눈도 뻑뻑하고, 시야가 뿌옇게 안개 낀 것처럼 보였다. 너무나 긴 밤이었다. 일하면서도 끝나지 않을 것 같은 두려움이 내내 따라다녔다. 지하철에서 깜박 졸다가 한 정거장 더 가는 바람에 되돌아왔다. 피곤하고 짜증 났다. 지독한 두통까지 몰려왔다. 원구는 비틀거리며 옥상으로 올라가는 계단 난간을 손으로 잡았다. 오늘따라 계단이 유난히 가파르게 느껴졌다. 절반쯤 올라가는데 퀴퀴한 냄새가 코를 찔렀다. 독한 냄새에 왈칵 속이 뒤집혔다. 빈속이라 헛구역질만 나온다. 옥탑방 주변에 거름 포대가 열린 채 놓여 있다.

옥상 텃밭을 하는 주인 영감 짓이었다.

원구는 방바닥에 벌러덩 누웠다. 그대로 기절하듯 눈을 감았다. 잠시 눈을 붙였는데 윙윙 소리가 났다. 붕 붕붕 윙윙 낮았다 높아졌다 한다. 벌은 1초에 200회까지 날갯짓한다는데, 재촉하듯 소리가 커졌다. 원구는 무거운 몸을 일으켜 하나뿐인 창문을 열었다. 창문은 손바닥만 했다. 틀어진 낡은 창틀에서 끼익 둔탁한 소리가 났다. 녀석들도 그 소리를 들은 모양이다. 새끼손가락 한 마디보다 작은 직사각 틈 사이로 날개를 파르르 떨면서 나온다.

벌통은 가로세로 23센티에 높이가 9센티, 소나무로 만든 사각 모양 나무통 한 개다. 찬 바람이 불면 한 칸 더 올려줄 생각이다. 꺼뭇한 몸통, 짙은 갈색 날개를 가진 토종벌들이 벌통에서 나오기 시작했다. 거침없이 휙 날아오르더니 열린 창문을 통해 밖으로 날아간다. 뒤이어 줄지어 나온 녀석들도 빠르게 날아갔다.

벌들을 내보낸 후, 서둘러 옷을 갈아입고 팔을 쭉 뻗었다. 등에서 우두둑 소리가 난다. 평소 같으면 이불을 뒤집어쓰고 자야 하지만 오늘은 일이 있다. 야간 청소 일을 한 지 이 년이 넘었다. 늘어난 건 근육통뿐, 통장 잔액은 조금도 달라지지 않는다. 생각할수록 갑갑했다. 무슨 수를 내야 했다. 초조함에 잠이 확 달아났다. 눈두덩이 뻑뻑해 손바닥으로 꾹 눌렀다. 어제께 아래층 최 씨가 일거리를 줬다. 나가야 하는데, 눈이 따끔거린다.

최 씨는 피트니스 센터에서 만났다. 서너 달쯤 전의 일이었다. 원구는 야간 청소를 시작하려던 중이고 최 씨는 늦은 저녁 마지막 배달지로 생수를 배달하러 왔다. 몇 번 마주치자 자연스럽게 이런저런 이야기까지 나누게 되었다. 그즈음 원구는 좀 더 싼 월세방을 구하고 있었다. 최 씨는 허름하기는 해도 잠자는 방으로는 괜찮을 것 같다고 옥탑방을 소개했다. 최 씨는 일손이 부족하거나, 배달이 밀리면 타임 알바 형식으로 원구에게 배달 일을 줬다. 크게 돈 되는 일은 아니지만, 한 푼이 아쉬운 원구로서는 가릴 형편이 아니었다. 날이 더워지면서 생수 배달이 늘어나, 거의 매일 낮에도 일한다.

바닥에 던져 두었던 점퍼를 손에 들고 현관문을 밀었다. 문이 작아서 허리를 굽히고 나가야 한다. 고개를 숙이자 목덜미 뒤가 찌릿했다.

낡은 운동화 한 켤레가 원구 앞을 가로막았다. 집주인 영감이었다. 그는 등이 약간 굽은 데다 턱을 앞으로 내밀고 다녔다. 머리숱이 몇 가닥 남지 않은 머리에 반세기는 족히 넘었을 것 같은 빛바랜 새마을 모자를 썼다. 목에는 휴대전화를 노란 나일론 줄에 매달아 걸었고, 물 빠진 잿빛 등산 조끼를 입었다. 멀리서 봐도 한눈에 알아볼 수 있을 정도로 늘 같은 옷차림이다.

"방을 빼든가, 월세를 올려 받아야겠어. 확답하게."

영감이 콧잔등을 찡그리고 킁킁거렸다. 가래가 끓는지 말끝마다 컥컥 소리를 낸다. 어깨 너머로 집 안을 흘끔거리는 영감 눈빛이 먹이를 찾는 생쥐처럼 번득거렸다. 방이라고 해 봐야 둘러볼 것도 없을 정도로 작다. 세수만 할 수 있는 수도꼭지 하나에 플라스틱 대야를 두고 쓴다. 뻔히 알면서 뭘 저리 세세히 훑어보는지. 영감이 헛기침하면서 목에 힘을 주었다. 창문 밑에 놓여 있는 나무 벌통을 보더니 입을 실룩거렸다. 벌이 들어오고부터 영감이 월세를 빌미로 시비를 걸어 오는 일이 잦아졌다.

두 달 전 이른 아침, 야간 일을 마치고 집에 온 원구는 방에 들어서다 비명을 지르며 밖으로 뛰쳐나갔다. 벽에 걸어 놓은 셔츠에 새까맣게 붙어 있는 벌떼 때문이었다. 놀라는 소리에 아래층 최 씨와 주인집 영감이 올라왔다. 영감은 아예 멀찌감치 떨어져 119를 불러야 한다고 소리를 질렀다. 잔뜩 성이 난 벌들은 한 덩어리씩 뭉쳐서 빙빙 돌다가 주르르 흩어졌다 다시 뭉치기를 반복했다. 여왕벌을 지키려는 움직임 같았다. 최 씨가 옥상 구석에 있던 종이 상자를 가져와 원구에게 내밀었다. 원구는 문을 반쯤 열고 종이 상자를 밀어 넣고 문을 닫았다. 얼마 지나지 않아 벌들이 상자로 들어갔다. 거뭇한 짙은 갈색 빛깔, 작고 통통한 몸통을 가진 벌들을 원구는 한눈에 알아봤다. 시골 큰아버지가 토종 양봉을 오랫동안 했는데, 꿀을 뜨는 날이면 온 가족이 시골로 내려갔다. 원구 방에 들어온 벌은 그때 본 벌과 같은 토종벌이었다. 분명했다.

그때 주워들은 말로는 벌통이 비좁거나, 위험을 느낀 여왕벌이 벌통을 벗어나는 일이 일어나기도 한다고 했다. 기억을 더듬어 보면 '분봉'이 일어나는 시기는 대략 3월이나 4월경이었다. 큰아버지는 벌들을 다시 찾아온 일을 모험담처럼 들려주었다. '분봉'은 벌통 속에서 새로운 여왕이 나오면 일벌들 절반이 이전의 여왕벌을 모시고 새로운 집을 찾아 벌통을 나가는 거라고 했다. 빨리 찾지 않으면 벌들이 멀리 날아가 잃어버리기도 하고, 먼저 발견한 누군가 벌을 받아 가는 경우도 있다고 했다.

그때, 주인집 영감이 원구 앞을 막아섰다.

"내 집에 들어온 것이니 내가 주인이지. 안 그런가? 저 종이 상자 내 것이야."

아래층 최 씨가 고개를 끄덕했다. 원구는 영감 말에 수긍하자니 이건 아니다 싶었다. 괜히 손해 보는 느낌도 들었다.

"방 안에 들어온 거잖아요. 그리 따지면 방 주인인 제가 주인입니다. 종이 상자는 곧 돌려드리겠습니다."

원구는 허리를 쭉 폈다. 영감 얼굴이 일그러졌다. 원구 머릿속에는 유성 매직으로 벌 한 마리 한 마리에 이름을 적고 싶다는 충동이 일었다. '강원구 거.' 소유권을 주장하는 것만큼 기분 좋은 일이 또 있을까. 원구는 비집고 나오려는 웃음을 참으려 입술을 오므렸다. 토종벌이 제 발로 들어오다니. 횡재했다는 생각과 무언가 좋은 일이 생길 것 같은 느낌이 들었다. 벌통을 하나씩 늘려 갈 수도 있을 것 같았다. 언젠가 해외토픽 뉴스에서 프랑스 도심 호텔 옥상에 벌통을 놓고 꿀을 채취하는 영상을 봤다. 그 꿀은 호텔 레스토랑에서 비싼 가격으로 팔렸다. 영감이 어떤 식으로 나오든 절대로 물러서지 않을 생각이었다. 벌들만은 뺏기지 않겠다고 다짐했다. 이참에 확실하게 못을 박기로 했다.

"토종벌은 예민한 습성을 지녔어요. 주변 환경에 위험을 느끼면 언제든지 떠난다고 하더군요. 이 벌들도 아마 살던 곳에서 위험을 느껴 여기까지 날아왔을 겁니다."

원구 말에 영감이 고개를 삐뚜름하게 돌리더니 세모눈

으로 째려보았다. 원구는 양봉하는 큰아버지 이야기를 슬쩍 흘렸다. 그러자 아래층 최 씨가 고개를 끄덕이며 중얼거렸다.

"잘됐네. 개도 자기를 좋아하는 사람은 냄새로 알아본다고 하더라. 벌들이 알아보고 들어왔나 보네."

어쩐 일인지 영감이 물러났다. 원구는 시장에 가서 토종벌 집을 사 왔다. 종이 상자를 살짝 기울이자 뭉쳐 있던 벌들이 후드득후드득 덩어리로 떨어졌다. 몇 번 상자를 흔들자 벌들은 새집으로 옮겨 갔다. 주인 영감이 소유권을 행사하러 올까 봐 얼른 종이 상자를 옥상 구석에 돌려놓았다.

벌들과의 기묘한 동거는 어색하면서도 한편으로는 편안했다. 든든한 방어 시스템을 갖춘 것 같은 느낌이었다. 얼마 지나지 않아 원구 귀에는 벌들이 움직이는 소리가 음악처럼 들렸다.

야간 일을 마치고 새벽에 들어온 원구가 하는 일은 창문 열기다. 창문을 열어 두면 벌들이 날아가는 소리가 트럼펫 소리처럼 작은 옥탑방에 가득 울렸다. 벌들은 아침에 퇴근하는 원구를 반기기라도 하듯 몇 마리가 먼저 나와 방 안을 윙윙 날아다니곤 했다. 너무 피곤해서 자다 깨다 할 때 벌들이 윙윙 날아다니는 소리를 들으면 원구는 긴장이 풀리며 잠이 들었다.

빨리 와 달라는 문자가 왔다. 최 씨다. 생수 배달을 빨리 해 달라는 전화에 시달리고 있다며 언제쯤 오냐고 물었다. 빨리 가야 하는데, 영감이 똥 밟은 표정으로 버티고 서 있다. 연신 킁킁 콧소리를 냈다. 원구는 구겨 신은 운동화를 바로 신으며 슬쩍 몸을 틀었다. 영감이 계단 쪽을 막고 있다. 비켜 줄 생각이 없어 보인다. 나가 봐야 한다는 원구에게 영감이 딱 잘라 말했다.

"이 방, 세놓는다 써 붙일 테니 그리 알아."

뻔히 보이는 영감 속내였다. 월세를 올려 주든가, 벌통을 넘겨라. 그런 의중이 확실했다. 동네 전체가 재개발이 결정되고부터 이주를 시작했다. 영감 집도 겨울이 오기 전에 비워 줘야 한다. 원구가 최 씨에게 들은 내용은 분명 그랬다. 세 들어 사는 처지이니, 아쉬운 쪽이 참아야 했다. 당장 옥탑방에서 나가면 벤치에서 자야 한다. 원구는 퇴근길에 본 풍경이 머릿속에 떠올랐다. 새벽 도심의 풍경은 낮과는 사뭇 달랐다. 길고양이는 사람들의 시선이라도 받는데, 노숙자들은 사정이 달랐다. 버려진 쓰레기보다 못한 눈총을 받는다. 푸드 트럭이 망하고 원구는 한 달 보름가량 길에서 잠을 잤다. 신고 있던 운동화까지 누군가 벗겨 가는 바람에 맨발로 거리를 걸었던 날도 있었다. 다시 거리로 나가야 한다면, 그때는 아마도 다리 위를 걷게 될 것 같았다.

옥탑방을 계약하고, 처음 월세를 현금으로 냈을 때 영감은 원구 손을 덥석 잡고 겨울까지 있어도 된다고 침을 튀기며 반겼다. 그랬던 영감이 너무나 다른 얼굴로 방을 빼라고 협박한다. 영감은 어금니가 썩은 것처럼 얼굴을 잔뜩 찌푸렸다.

"계약 기간이 다섯 달이나 남았는데요?"

원구 말에 영감이 손가락으로 한쪽 코를 꾹 누르더니 코를 팽 풀었다.

"계약서를 쓴 것도 아니고, 보증금도 없는데, 말로 한 계약 기간이 무슨 소용이야. 그럼 다섯 달 치 월세를 한꺼번에 내든가."

자기 할 말은 다 했다는 듯 영감은 획 돌아섰다. 수도꼭지를 돌려 물 조리개에 물을 넘치도록 담는다. 원구는 황당함에 말문이 막혔다.

마당 한 뼘 없는 3층 주택에서 옥상 텃밭은 영감이 종일 머무는 공간이다. 스티로폼 상자와 고무대야에 흙을 담아 푸성귀를 키웠다. 영감이 애지중지하는 사과나무는 길쭉한 고무통에 심겨 있다. 분재처럼 키우는 사과나무는 영감이 아끼는 보물이었다. 지난봄, 사과나무 가지마다 꽃이 피었다. 영감은 사과꽃이 총 23개라며 개수를 매일 확인했고,

누군가 꽃가지를 꺾어 갈까 전전긍긍했다. 영감이 뭐라고 해도 벌통은 내주고 싶지 않다.

벌이 들어오기 전에도 영감은 창고를 개조한 옥탑방을 두고 최고급 원룸이라도 되는 것처럼 으스댔다. 어쩌다 마주치기라도 하면 사람을 세워 놓고 느릿느릿 같은 말을 반복했다.

"월세를 더 받아야 하지만, 젊은 사람이 열심히 사는데, 도와준다는 심정으로 손해를 보고 세를 놨다네."

원구를 바라보는 눈빛에는 '평생을 벌어 봐라, 집 한 채 사기 힘들 거다'라는 비웃음이 있었다. 몇 번을 고맙다고 인사를 해도 그때뿐이었다. 자꾸만 월세 이야기를 반복했다. 아래층 최 씨 말로는 소줏값을 찔러주거나, 찐빵이라도 사다가 안겨 주면 며칠 조용하다고 했다. 무슨 말이냐며, 원구는 넘겨 버렸다.

가끔 수도꼭지를 돌리면 물이 안 나오는 날도 있었다. 영감 심술이었다. 원구는 모자를 쓰고 나와 지하철 화장실에서 씻었다. 영감의 치졸한 방해는 계속됐지만 모른 척했다. 잠자는 방 치고는 그럭저럭 괜찮았다. 빚으로 남은 트럭 할부금을 갚으려면 참아야 했다.

벌통을 어쩌지 못한 영감은 원구가 야간 일을 마치고 잠이 들 때쯤 옥상에 올라와 일부러 큰 소리를 냈다. 깡통을 두드리며 있지도 않은 참새 떼를 쫓기고 하고, 들으라는 듯 큰 소리로 말했다.

"젊은 사람이 몸을 움직여서 돈 벌 생각을 해야지. 도심 옥상에서 벌 친다는 말은 내 칠십 평생 들어 보지를 못했다. 벌들이 불쌍치, 불쌍해. 어이쿠야, 오늘은 고추 모종에 꽃들이 많이도 피었네. 오이꽃도 피려고 하네."

영감이 잔망스레 쫑얼거린다. 오늘따라 유난히 귀에 거슬렸다. 원구는 잠을 못 자서 그런 거라고 치미는 속을 애써 눌렀다.

계단을 내려가는 원구 뒤통수에 대고 영감이 명령하듯 말을 던졌다.

"오늘 중으로 다섯 달 치를 내든가, 아니면 방 빼."

원구는 끓어오르는 화를 참으며 입을 꾹 다물었다. 최 씨에게 지금 출발한다는 문자를 보냈다. 원구는 마을버스 정류장까지 뛰었다. 옥탑방에 둔 벌통이 걱정됐다. 지금은 벌들이 꿀을 모으느라 활동하는 시기다. 움직임이 많은 시기에는 벌들도 예민해서 침입자를 발견하면 가차 없이 공격한다. 영감이 벌통을 들고 나가는 건 쉽지 않을 것 같았다. 원구는 가벼워진 걸음으로 골목길을 빠르게 걸었다.

최 씨가 일하는 생수 배달 회사는 큰길에서 한참 벗어나 주택가 골목 뒤쪽 낡은 건물에 있었다. '욕탕' 글자만 남은 목욕탕 굴뚝이 있어 찾기 쉽다. 원구를 본 최 씨가 빨리 오라고 손을 흔들었다. 생수를 실은 트럭이 세워져 있다.

"여기 배달지 주소. 얼른 가 봐. 왜 빨리 안 가져다주냐고 난리다."

원구는 거래처 명단을 받아 들고, 최 씨에게 말했다.

"주인 영감이 다섯 달 치 월세를 한꺼번에 내든가 아니면 방을 빼라는데. 어쩌죠?"

"막걸리 두어 병 안겨 주고 잘 말해 봐. 세입자 구하기도 쉽지는 않지."

"혹시 몰라서 그러는데 여기 일한 일당 받아주면 안 될까요?"

짬짬이 일을 하고 돈을 못 받은 게 두 달이었다. 최 씨가 챙겨 주겠다고 몇 번 말했지만 언제 주겠다는 말은 없었다. 최 씨가 앞머리를 손가락으로 긁적거렸다.

"그러지. 사무실에 가서 확인하고 연락할게."

원구는 고개를 끄덕이고 트럭에 올라 시동을 켜고 핸들을 돌렸다. 출근 시간이라 신호등마다 꼬리를 물고 차들이 서 있다. 배달지에 도착하자마자 가게 주인이 볼멘소리한다.

"아저씨! 왜 이제 와. 생수 떨어졌다고 한 지가 언젠데."

24시간 영업하는 해장국 식당 여주인 눈꼬리가 위로 올라갔다. 눈을 흘기며 업체를 바꾸든지 해야지 번번이 늦다고 타박이다. 생수 업체는 밤샘 배달하지 않는다고 말하려다 죄송하다고 꾸벅 고개를 숙였다. 다음에는 제일 먼저 배달해 주겠다고 덧붙여 말했다. 여주인이 샐쭉한 표정을 짓는다. 막 들어선 손님을 향해 해사한 웃음을 날리고, 앉아 있던 손님 테이블에 소주병을 올려준다. 둥글한 체격과 달리 유연한 동작이다. 원구는 해장국 냄새에 뱃속이 요동을 쳤다. 자꾸만 손님에게 나가는 뚝배기에 담긴 선짓국에 눈이 간다. 눈썰미 좋은 여주인이 한 그릇 하고 가라고 말한다.

"배가 고픈 모양인데 한 그릇 먹고 가. 먹어야 돈을 벌지."

원구는 고개를 저었다.

"배달이 밀려서요. 다음에 먹겠습니다."

원구는 차에 올랐다. 배에서 꼬르륵 소리가 난다. 조수석에 굴러다니는 물병 뚜껑을 열고 물을 마셨다. 휴대전화 판매 대리점에 들러 생수통을 교체하고, 막 문을 열고 청소를 시작한 한의원에 생수를 배달했다. 남은 곳은 회계사무실 배달인데 승강기가 없는 5층 건물이다. 계단을 올라가야 한다. 도롯가에 차를 세운 원구는 생수통을 어깨에 얹고 계단을 올랐다. 실내로 들어서자 처음에는 등줄기가 시원해지는 것 같았다. 별생각 없이 계단만 보고 올랐다. 사무실에 들어가 생수통을 내리는데 무언가 잘못됐다는 것을 알아챘다. 생수통 입구에서 물이 샌다. 그제야 등줄기가 축축하다는 것을 알았다. 다시 내려가서 다른 통으로 바꿔 와야 했다. 마음은 바쁜데, 불량 생수통 때문에 두 번 걸음까지 하게 생겼다. 원구는 급하게 계단을 내려가다 발목까지 접질렸다. 좌우로 돌려보니 조금 뻐근한 정도라 참을 만했다. 내려오는 동안 생수통 틈이 더 벌어져 물이 줄줄 샜다. 밖으로 나오자 대학생으로 보이는 몇몇이 키득거리고 웃는다. 다들 손에 휴대전화를 들고 있다. 원구는 모자를 푹 눌러쓰고 다른 물통을 꺼내 어깨에 올렸다. 걸을 때마다 젖은 바짓가랑이가 엉덩이에 자꾸만 달라붙었다. 계단을 올라가는데 목에서 쓴물이 올라왔다. 야간 청소 일에 생수 배달까지. 피곤이 한꺼번에 몰려왔다.

옥탑방에 털썩 주저앉은 원구는 편의점에서 사 온 도시락을 꺼냈다. 비닐을 벗기고 플라스틱 수저로 한입 크게 퍼서 입에 밀어 넣었다. 평소 같으면 컵라면까지 사서 편의점에서 먹고 들어오는데 젖은 옷 때문에 어딜 가나 사람들 시선이 따라왔다. 벌써 오후 3시다. 헬스장 출근은 밤 11시.

버스를 두 번 갈아타고, 지하철을 타고 가는 시간이 1시간 30분. 원구는 핸드폰 알람을 확인하고 눈을 감았다. 열린 창문을 통해 바람 한 줄기가 들어왔다. 잠결에 구시렁거리는 영감 목소리가 들렸다. 원구는 이불을 머리 위로 뒤집어썼다.

알람 소리에 몸을 뒤척이던 원구는 발을 뻗었다. 평소와 달랐다. 발끝에 아무것도 닿지 않자 눈을 번쩍 떴다. 방 안에 있던 물건들이 감쪽같이 사라져 버렸다. 벗어 놓은 운동화와 창문 아래 벌통만 남아 있다. 벌떡 일어나 운동화에 발을 밀어 넣으며 문을 열었다. 빨간 노끈으로 묶은 검정 비닐봉지가 문 앞에 놓여 있었다.

주인집 영감이 뒷짐을 진 채 말했다.

"새 사람 구했어. 당장 들어온다는 걸 저녁 먹고 오라고 미뤄 놨어. 워낙 곤하게 자길래 내가 짐 정리했네."

원구는 화가 치밀었다. 입에서 거친 말이 튀어나왔다.

"이달 치 냈잖아요. 아직 사흘이나 남았는데 당장 나가라니, 그렇게는 못 합니다. 아니, 아무리 주인이라도 막 들어와서 남의 물건에 손을 대는 건 아니죠."

영감이 눈을 가늘게 뜨고 원구를 째려보았다. 예상이라도 했던 것처럼 꼬깃꼬깃 구겨진 천 원짜리 지폐를 내밀었다. 사흘 치 방세를 계산해서 천 원짜리 몇 장을 던져준다.

원구는 입술을 꽉 깨물었다. 성질대로라면 멱살을 잡고 몇 남지 않는 이빨이 다 빠지도록 흔들어버리고 싶었다.

영감이 큼, 헛기침하더니 단호하게 말했다.

"벌은 옥탑방 거니까 손대지 말고, 신도 신었으니 옷 봉지만 들면 되겠어."

영감 말이 끝나기도 전에 원구는 문을 확 열어젖히고 벌통을 들고 나왔다. 놀란 벌들이 벌집에서 뿔뿔 기어 나왔다. 어찌나 화가 나는지 원구는 벌들이 무섭지도 않았다. 몇 마리 벌들이 위험신호를 보내듯 벌통 주변을 빠르게 돌았다. 원구는 한 손으로 옷가지가 든 비닐봉지를 들고 계단을 성큼성큼 내려갔다. 뒤에서 영감이 악을 썼다.

"싸가지 없는 놈, 벌은 놔두고 가라고 이놈아. 야, 빌어 처먹을 놈아!"

영감이 내뱉는 욕지거리가 골목을 빠져나올 때까지 이어졌다. 원구는 점퍼를 벗어 벌통을 감쌌다. 벌들이 조용해졌다. 지하철역 보관함에 비닐봉지를 밀어 넣었다. 벌통까지 넣으려다 들고 가기로 했다.

헬스장이 보이는 사거리 편의점에 들렀다. 운 좋게 하나 남은 할인 특가 도시락을 잡을 수 있었다. 돼지고기 두루치기에 흰밥을 비벼 먹었다. 점퍼로 감싸 놓은 벌통도 조용하다. 벌들이 나오지만 않으면 눈에 띌 염려가 없었다. 밤이라

벌들도 잠을 잔다. 원구는 점퍼에 감싼 벌통을 들고 피트니스 센터로 들어갔다. 승강기에서 내리자 맞은편 휴게실에 앉아 있던 팀장이 손을 흔들었다. 어제 원구에게 '찌질한 놈'이라고 욕했던 사내와 캔 맥주를 마시고 있다.

팀장이 의아한 얼굴로 물었다.

"연락 못 받았어요? 사무실에서 연락한다고 했는데."

순간 원구는 옆구리를 맞은 것처럼 휘청했다.

"무슨…?"

원구는 입이 달라붙은 것처럼 말이 안 나왔다.

"이거 참, 곤란하네. 내가 말하면 나만 나쁜 사람 되는 것 같아 싫은데."

맥주 캔을 한 손으로 찌그러뜨리며 사내가 피식 웃는다. 뭘 그런 것까지 신경 쓰냐는 표정이다. 팀장이 어깨를 으쓱하더니 말했다.

"어제 로비에 새로 설치한 대형 거울, 사장님 확인한다고 말했잖아요. 아침에 출근하신 사장님이 손자국도 안 닦고 뭐 했냐고 한바탕 난리 났어요."

"세 번이나 닦고 확인까지 했는데요."

원구는 침을 삼켰다. 뭔가 일이 꼬이고 있다.

"아무튼 사장님이 그 자리에서 어제 청소한 사람 당장 내보내라고 얼마나 역정을 내는지. 아시죠? 사장님 화나면 어떻게 되는지."

팀장이 손바닥으로 목 자르는 시늉을 한다. 사내가 손바닥으로 탁자를 꾹 누르며 실실 웃었다. 맞은편 빈 의자에 발까지 척 올리며 원구를 빤히 쳐다보았다. 원구는 눈앞이 아뜩해지는 것 같았다. 주먹으로 가슴을 세게 맞은 것처럼 숨이 막혔다. 두 사람의 시선이 원구 얼굴에서 손에 들고 있는 점퍼로 옮겨졌다. 사내가 팀장에게 눈짓한다. 팀장이 물었다.

"점퍼 안에 뭡니까?"

원구는 퉁명스레 딱 잘라 말했다.

"개인 물건입니다."

딱딱하게 굳은 원구 말투에 사내가 피식 웃었다.

"뭐, 여기 물건 들고 나가려고 챙긴 거 아니고?"

빈정거리는 사내 말에 원구는 고개를 들어 사내를 쳐다보았다. 사내가 의자에 몸을 기대며 팔짱을 꼈다.

"야, 무섭다. 무서워서 어디 운동하러 오겠나. 정 팀장 나 내일부터 여기 못 나올 것 같은데."

팀장이 캔 맥주를 사내 손에 쥐여 주며 어색하게 소리 내어 웃었다.

"왜 그러십니까. 열성 회원님께서 그런 말씀 하시면 섭섭합니다."

팀장이 벌떡 일어나더니 점퍼를 열어 보라고 손짓했다. 원구는 부아가 치밀었다. 그러니까 정리하면 방금 직장에서 잘렸다. 살던 방에서 쫓겨났다. 눈앞에 꼴통 두 놈이 자신을 도둑으로 몰고 있다. 도로를 건너다 갑자기 눈앞에 25톤 덤프트럭을 마주한 것처럼 머릿속이 아뜩해졌다. 사내가 히죽거렸다.

"쓰레기통에서 뭘 챙겼겠지. 그런 거지?"

속에서 뜨거운 열기가 확 올라왔다. 원구는 이를 악물고 소리를 질렀다.

"왜, 나한테만 지랄이야, 왜! 니들이 나한테 월급 줬어? 뭔 개뼈다귀 같은 소리를 지껄여."

사내가 캔 맥주를 바닥에 던졌다. 퍽 파시씩, 캔 옆구리가 터지고 맥주 거품이 뿜어져 나왔다. 사내가 주먹으로 탁자를 내리쳤다.

"아 씌팔! 기분 확 나빠지려고 하네. 야, 청소! 지랄이라고 했어?"

팀장이 소리쳤다.

"강원구 씨, 왜 욕을 합니까. 회원님께 얼른 사과드려요. 이제 안 나와도 되니까 빨리 나가요."

사내가 실실 웃었다.

"어쩌냐 청소. 갈 데 없는 거 아니지?"

원구는 턱을 내밀고 쏘아붙였다. 센터 직원도 아닌데 꿀릴 것도 없었다.

"지랄하네, 니들이나 나나 다른 게 뭔데. 먹고 똥 싸다 죽는 건 같다고. 왜, 그쪽이 오늘부터 여기서 일하기로 했나 봐. 그렇게 청소 일이 하고 싶으면 진즉에 말하지."

사내가 벌떡 일어나더니 두 손으로 원구 멱살을 틀었다.

"이게, 청소하다가 뇌가 쪼그라들었나!"

사내가 원구를 확 밀쳤다. 운동으로 다져진 사내는 생각보다 힘이 셌다. 원구는 바닥에 넘어지면서 벌통을 놓쳤다. 점퍼에 감싼 벌통이 바닥에 떨어졌다. 사내가 "뭔데 지랄이야!"라며 점퍼를 들어 탁탁, 털었다. 벌통이 뚜루룩 굴렀다. 뚜껑이 떨어져 나간 벌통에서 성난 벌들이 한꺼번에 쏟아졌다. 팀장과 사내가 비명을 지르며 휴게실을 뛰쳐나갔다. 성난 벌들이 붕붕 소리를 내며 쫓아간다.

원구는 목을 좌우로 돌렸다. 얼마나 세게 잡혔는지 뻑뻑했다. 엉금엉금 기어 벌통을 확인했다. 다행히 벌통에 깨진 곳은 없어 보인다. 바닥에 떨어진 점퍼를 들어 올렸다. 점퍼 가슴팍에 발자국 하나가 선명하게 찍혀 있다. 아, 씨팔. 사내가 밟고 갔다. 복도 끝에서 늙수그레한 노인이 청소기를 밀고 온다.

원구는 벌통을 품에 안고 빌딩을 나섰다. 휴대전화를 꺼내 최 씨 번호를 눌렀다. 신호가 길어진다. 몇 번인가 신호가 가더니 뚝 끊어졌다. 다시 통화를 누르자 전원이 꺼져 있다는 메시지가 나온다. 사거리 신호등 앞에서 원구는 멀뚱히 섰다. 초록 신호등이 깜박거리다 빨강 신호등으로 바뀐다. 몸을 돌렸다. 반대쪽 건널목에 취기 오른 청년들이 우르르 뛰어간다. 원구는 청년들을 물끄러미 쳐다보았다.

갈 데가 없다. 신호등이 바뀌었다. 전조등을 켠 차들이 도로를 달려갔다. 원구는 청년들이 건너간 건널목을 건넜다. 모퉁이를 돌자 환하게 불을 밝힌 코인세탁소가 눈에 들어왔다. 나무 의자가 놓여 있고, 세탁소에는 아무도 없었다. 24시간 열려 있는 무인 세탁소다. 다리가 풀려 한 걸음도 더 못 갈 것 같았다. 원구는 세탁소로 들어갔다. 의자에 털썩 앉았다. 원구는 벌통을 감쌌던 점퍼를 세탁기에 넣었다. 양말을 벗어 세탁기 안으로 던져 넣었다. 지하철 보관함에 넣어 둔 옷도 빨아야 하는데, 입고 있던 셔츠도 벗어 세탁기에 넣었다. 동전을 넣고 버튼을 눌렀다. 세탁기 속에서 점퍼와 셔츠, 양말이 빙빙 돌아간다. 한참을 들여다봐도 줄무늬 양말이 한 짝만 보인다. 분명 두 짝을 다 넣었는데, 한 짝만 빙빙 돈다. 물끄러미 돌아가는 세탁기를 보았다. 바닥에 작은 덩어리가 보인다. 종이에 감싸진 각설탕이었다. 종이를 벗겨 각설탕을 입에 넣었다. 혀끝에서 부서진 각설탕 알갱이가 씹힌다. 달다. 원구 눈에서 갑자기 눈물이 왈칵 쏟아졌다. 두 손에 얼굴을 묻었다. 세탁기 돌아가는 소리가 높아졌다 낮아졌다 이어졌다.

일광호 황 선장

황 선장은 잠에서 깼다. 시계는 볼 필요도 없이 여느 날과 같이 새벽 5시였다. 꿈자리가 뒤숭숭했는데, 무슨 꿈인지 기억나지 않았다. 굳이 애써 기억할 이유도 없었지만, 소금통 뚜껑을 열고 소금 한 꼬집 집어 정수리에 뿌렸다. 머리를 흔들고 팔을 앞뒤로 흔드는 것으로 찜찜한 기분을 털어냈다. 식탁에 있는 구운 달걀 두 개를 꺼냈다. 껍질을 까서 간장을 뿌렸다. 세부 여행을 다녀온 친구가 선물이라며 던져 준 간장이었다. 짭조름하고 감칠맛이 좋아, 달걀에 뿌려 먹으면 목 막힘이 없어 좋았다. 달걀 껍데기를 식탁에 내버려두고, 냉장고에서 두유를 꺼내 마셨다. 관절염약과 혈압약, 종합영양제를 손바닥에 올려 한꺼번에 입안으로 탁 털어 넣었다. 물을 마시고, 화장실을 다녀오자 슬슬 나갈 시간이었다.

냉장고에서 얼린 생수를 꺼냈다. 일광호에 실어야 할 물건이 뭐가 있나 머릿속으로 더듬었다. 나갈 때 잊지 않고 가져가야 한다. 모자를 챙겨 쓰고 형광 줄무늬가 들어간 방수 조끼를 입은 후, 마루에 앉아 신발을 신었다. 갯바위에서도 미끄러지지 않는 안전화라며 딸이 사 준 신발이었다. 신발 무게가 신던 안전화보다 좀 더 무거워, 평소 신던 신발을 신고 싶었지만 딸의 얼굴을 떠올리며 새 신발을 신었다. 딸은 종종 낚싯배 일을 그만두라고 말했다. 일광호가 낡고 수리를 자주 한다며 걱정된다고 했다. 그러다 자칫 사고라도 나면 정말 큰일이라고 잔소리했다.

“일을 그만두면 뭘 하라꼬? 종일 리모컨이나 손에 쥐고 테레비나 볼까, 아니면 휴대폰으로 동영상을 보느라 목을 움츠리고 있으라고! 그게 거북이지 사람이냐!”

딸의 말을 듣고 있으니 자신이 꾸덕꾸덕 말라 가는 건어물 같다는 생각이 들었다. 황 선장이 물었다. “네 눈에 아비가 낚싯배 운전도 못 할 정도로 늙어 보이나?” 그 말에 딸은 못마땅한 표정으로 입을 불퉁하니 내밀었다.

“다 아버지 생각해서 그런 거잖아요. 강씨 아저씨처럼 수영장에 다녀 봐요.”

낚시점 강칠구는 마누라 손에 끌려 체육센터 수영을 다닌 지 두 달이 됐다. 물속에서 걷기도 하고 뛰기도 하다 보면 뻣뻣한 관절이 한결 부드러워진다고 했다. 운동하고 뜨신 물에 씻고 나오면 무릎도 덜 아프다고, 같이 다니자고 몇 번이나 말했다. 황 선장은 코웃음 쳤다. 평생을 바다에 기대어 먹고살았는데 수영을 못할 리가 있나. 바다 사나이 체면이 있지, 수영을 하려면 바다에서 해야지! 더구나 소독제 냄새 풀풀 풍기는 수영장은 내키지 않았다.

여전히 딸은 불만스러운 얼굴로 구시렁거렸다. "운동도 하고, 친구와 여행도 다니면 얼마나 좋아. 아버지는 일광호가 딸보다 더 좋은가 봐." 쫑알거리던 딸은 황 선장 눈치를 슬쩍 보더니 입을 다물었다.

황 선장은 허리를 굽혀 신발 끈을 당겨 묶는데 끙, 앓는 소리가 저절로 나왔다. 허리에 파스를 붙이는 것만으로 통증이 가시지 않았다. 허리 통증은 고질병이다. 병원에 가서 물리치료를 받아도 딱히 좋아지지 않았다. 통증도 나이 듦의 일부라 생각하고 참아 보려고 했는데, 화장실이 문제였다. 변기에 앉아 힘을 주면 허리가 끊어질 것처럼 아팠다. 그럴 때면 설사약을 먹어 볼까 생각했다. 그러다 슬슬 움직이면 또 통증이 슬그머니 줄어들고, 일하다 보면 여기저기 쑤시고 아픈 통증들을 잊어버리기를 반복했다.

휴대전화를 꺼내 일기예보를 확인했다. 오늘 일광호에 승선하는 낚시꾼은 세 명이다. 오십 대 후반 단골 낚시꾼 윤 씨를 떠올리자 웃음이 났다.

윤 씨는 하루걸러 한 번씩 전화할 정도로 바다낚시광이

다. 전화를 받으면 대뜸 "물고기 다른 사람이 잡아가지 못하게 잘 지키고 있어요?"라고 묻는다. 또 한 사람은 드문드문 배낚시를 즐기는 동물병원 원장 곽 씨다.

곽 씨는 낚시를 즐긴다기보다 낚싯대를 던져 놓고 이런 저런 말을 주고받는 재미에 배를 타는 것 같았다. 그렇다고 하는 일이 힘들다거나, 병원을 찾아오는 견주와 묘주가 별나거나 까칠하다던가, 그런 말은 일절 하지 않았다. 어느 식당 음식이 입맛에 맞다, 영월 여행을 갔는데 폭포 물줄기가 약해서 아쉬웠다, 같은 밍밍한 말을 했다. 들어 보면 누구를 욕하지도 않고, 한쪽으로 치우쳐 잘잘못을 따지지도 않는 이야기만 했다. 그러다 보니 듣는 사람도 파도 소리처럼 흘려들었다.

황 선장은 서 씨를 떠올리자 자신도 모르게 이맛살을 찌푸렸다. 육십 대 초반으로 보이는 서 씨는 꽁한 성격에 고집이 셌다. 지금까지 두 번 낚싯배를 탔는데, 꼭 일곱 살 어린애처럼 똥고집을 부리는 통에 같이 낚시를 나간 사람들이 여러모로 불편해했다. 한마디로 말이 안 통하는 사람이었다. 자기가 앉을 자리를 물티슈로 꼼꼼하게 닦고 마른 수건 한 장을 깔고 궁둥이를 붙인다. 그리고는 선크림을 꺼내 옷 밖으로 드러나는 피부뿐만 아니라 목뒤, 귀까지 꼼꼼하게 발랐다. 그러고도 팔 토시를 하고, 목덜미를 덮는 챙이

넓은 모자를 쓰고, 선글라스를 썼다. 이쯤 되면 햇빛 알레르기가 있나 의심이 들었다. 하는 행동만큼이나 까다롭고 작은 일에 잘 삐쳤다.

황 선장은 털털한 윤 씨와 마음이 잘 맞는다. 낚시를 안 나가도 전화를 주고받을 만큼 편하다. 그날그날 낚시꾼들이 잡아 올린 물고기, 수온이 높은지 찬지, 벵에돔 크기가 30센티미터 넘었다거나, 전어가 올라온다는 등 주고받는 이야깃거리가 많다. 월척을 하거나 유난히 고기가 잘 잡히는 날이면 전화해서 알려 준다. 그러면 윤 씨는 몹시 안타까워하며 약 올라 했다. 월척이 올라온 포인트는 아껴 뒀다 자기가 나가는 날 가자는 당부도 잊지 않는다. 물고기가 그날, 그 시간, 그곳에 기다리고 있을까마는 윤 씨의 너스레는 늘 기분 좋게 했다. 무엇보다 앞으로 삼십 년 일광호만 타겠다 선예약을 받으라고 은근한 협박을 수시로 한다. 때때로 그와 말을 나누다 보면 자신의 나이가 윤 씨 또래라 착각하기도 한다. 그래 까짓것 나이가 무슨 소용이람. 황 선장은 속으로 흥얼거렸다. '잘 먹고, 잘 자고, 잘 싸면 그거로 족하지.' 그에 반해 서 씨는 여러모로 황 선장과 맞지 않았다. 가만히 보고만 있어도 속이 터지는 일이 한두 가지가 아니었다. 차라리 다른 배를 타기를 바라며 좀 더 크고, 신형인 낚싯배를 소개했는데도, 굳이 황 선장이 모는 일광호를 타려고 했다. 알다가도 모를 일이었다.

주섬주섬 물건을 챙겼다. 컵라면, 생수, 휴지, 목캔디도 한 통 담았다.

항구에 정박시켜 놓은 '일광호'에 올랐다. 방파제 앞 주차장으로 들어오는 차들이 보였다. 고기잡이 배들이 출항 준비하느라 크고 작은 소리가 퉁퉁 울렸다. 밤새 조업한 고깃배들은 이미 하선을 마치고 휴식에 들어갔다.

"황 선장님, 오늘 손맛을 제대로 볼 수 있을까요?"

한껏 들뜬 목소리는 윤 씨였다. 성큼 배에 올랐다. 어깨에 메고 있던 가방과 낚싯대를 내려놨다. 몸에 걸치고 있는 까만색 낚시조끼는 주머니마다 불룩하다. 딱 봐도 단단히 준비하고 온 모습이다.

"그럼요, 대물만 있을 거요. 낚싯대 부러지지 않게 잘 하소!"

황선장 말에 윤 씨가 껄껄 웃었다.

"그럴 줄 알고 빵가루 넉넉하게 챙겨 왔지요. 시원하게 뿌려 보렵니다."

뒤이어 곽 씨가 배에 올라왔다. 회색 바지에 파란색 셔츠를 입고, 빨간색 낚시조끼를 입었다. 빳빳하게 다린 바지와 셔츠만 보면 뱃놀이 가는 사람으로 보였다. 곽 씨가 둥그런 얼굴에 잔잔한 미소를 지으며 인사를 했다.

"아이쿠, 제가 늦지는 않았지요?"

황 선장이 눈을 껌벅이며 말했다.

"늦었지요. 물고기들이 배를 쫄쫄 굶고 기다리고 있을 텐데요."

진지한 황 선장 말에 곽 씨가 매우 진중한 표정으로 말을 받았다.

"물고기들 밥 주려고 밥주걱 새로 샀는데 한 번 보렵니까?"

그러면서 곽 씨가 가방에서 밥주걱을 꺼냈다. 어른 손바닥만 한 크기의 밥주걱이었다. 눈에 띄는 밝은 색깔에 곽 씨가 머쓱한 표정으로 손으로 뒷머리를 만지며 말했다.

"이왕이면 노란색이면 좋겠다 싶어서요."

곽 씨는 밥주걱으로 떡밥을 떠서 던지는 시늉을 했다. 순간 작은 낚싯배 안은 너털웃음으로 가득 찼다. 곽 씨의 희끗희끗한 머리카락이 여름 바닷바람에 날렸다. 막 해가 뜨고 바다가 희끔희끔 밝아지고 있었다.

황 선장은 피식 웃고 말았다. 낚싯배를 몰다 보면 별별 사람을 다 만나게 된다. 배낚시에서는 타인의 눈을 의식할 필요가 없다. 그러다 보니 자기도 모르고 있던 모습이 튀어나오기도 한다.

황 선장은 휴대전화를 꺼내 출항 신고서를 입력했다. 그때, 오늘 승선 예약을 한 마지막 낚시꾼 서 씨가 왔다. 서 씨가 배에 탄 사람을 쓱 둘러보더니 헛기침했다.

"다 온 거 같은데, 출발하시죠!"

황 선장은 콧숨을 쉬었다. 제일 늦게 와서는 기껏 한다는 말이 아랫사람에게 지시하듯 출항 명령이라니. 그렇다고 딱히 기분이 나쁘거나 속이 뒤틀리지는 않았다. 살아온 세월이 여든여섯을 넘겼는데, 해풍에 딱딱해진 낯가죽은 감정의 변화를 드러내지 않는다. 그때 주머니에 넣어 둔 전화가 울렸다.

"선장님, 자리 있습니까?"

왕왕 울리는 상대방 목소리에 배에 자리를 잡고 앉던 세 사람이 고개를 돌렸다. 황 선장 배는 정원 6인이다. 하지만 여섯 명을 태우면 자리가 비좁다. 낚시하다 보면 팔을 크게 움직이는데, 서로 몸이 부딪치기 마련이다. 낚시 장비도 자리를 제법 차지한다. 그래서 황 선장은 손해를 좀 보더라도 네 명이나 세 명만 배에 태웠다. 그러다 보니 낚시꾼들 사이에 보이지 않는 경쟁이 생겨나 예약하려는 전화가 수시로 왔다. 전화를 건 상대방이 다급하게 소리쳤다.

"지금 갑니다. 조금만 기다려 주소."

황 선장은 윙, 뱃고동을 울리며 전화기에 대고 큰 소리로 말했다.

“오 분만 일찍 전화하시지. 이미 출항했어요.”

상대방은 뭐라고 몇 마디를 더 했지만, 뱃고동 소리와 파도 소리에 묻혀 웅얼거리는 소리로 들렸다. 황 선장이 전화를 끊자 세 사람의 표정이 눈에 띄게 밝아졌다. 일광호는 순조롭게 항구를 벗어났다. 수면에 햇빛이 비치어 갈치 비늘처럼 은색으로 반짝거렸다. 황 선장은 첫 번째 포인트에서 배를 멈췄다.

윤 씨가 빵가루 봉지를 꺼내며 말했다.

“전어를 잡아야 하는데, 오늘은 어쩐지 잡을 것 같습니다.”

그는 베테랑 낚시꾼답게 빵가루에 물을 뿌려 탁구공 크기만큼 동글동글하게 뭉쳐 지퍼백에 담아 왔다. 배 중간에 앉은 서 씨가 물었다.

“전어 잡으려고요?”

서 씨는 윤 씨 쪽으로 몸을 기울여 미끼를 뭐로 끼우나 살폈다. 가을 전어라고 알려졌지만 여름 바다에도 전어가 종종 올라왔다. 그러자 반대쪽 선미에 자리를 잡은 곽 씨가 큰 소리로 말했다.

“오징어요. 무늬오징어가 올라온대요!”

곽 씨가 들뜬 목소리로 말했다.

"오늘 무늬오징어, 딱 한 마리만 잡으면 낚싯대 접습니다!"

그러자 서 씨가 고개를 홱 돌려 곽 씨에게 물었다.

"무늬오징어라면 눈알이 에메랄드색 맞지요? 진짜 무늬오징어가 잡혀요?"

황 선장이 껄껄 웃으며 말했다.

"어제 태양호 타고 나간 사람이 세 마리 잡았다고 했소."

무늬오징어를 잡았다는 소식에 다들 기대감으로 얼굴이 밝아졌다. 곽 씨가 어깨를 들썩이며 물었다.

"어디서 잡았답니까? 크기는요?"

윤 씨도 낚시가방을 뒤적였다. 아무래도 미끼를 바꿀 모양이었다.

"무늬오징어가 맛있다네요. 쫄깃하고 부드럽고 고소하답니다."

곽 씨가 말을 하면서 침을 꿀꺽 삼켰다. 윤 씨가 오징어 눈에 잘 띄는 오렌지색 인조 미끼를 꺼냈다.

"그러면 나도 무늬오징어를 낚아 봐야겠네요."

황 선장은 세 사람의 의견이 일치한 모습에 오징어가 나온다는 포인트로 이동했다. 자연스럽게 자리가 정해졌다. 윤 씨와 곽 씨가 배 끝에 자리를 잡고, 서 씨가 배 가운데에서 낚싯대를 걸쳤다. 낚싯대를 던지고 얼마 있지 않아 윤 씨가 릴을 슬슬 감으며 말했다.

"어어, 땅 때리는 느낌인데!"

배를 세운 황 선장이 윤 씨 쪽으로 고개를 쑥 들이밀며 우스갯소리를 했다.

"쓰레기 아니고?"

윤 씨가 줄을 풀면서 낚시대 휨새를 이용해 올렸다 내렸다 했다.

"봐요, 땅겨 가잖아요."

황 선장은 팽팽하게 당겨지는 낚싯줄을 봤다.

"어라 큰 놈인가?"

서 씨가 낚싯대를 고정해 놓고 윤 씨 쪽으로 다가왔다.

황 선장이 뜰채를 들었다.

"올려 보쇼!"

배 반대쪽에서 곽 씨가 목을 길게 빼고 말했다.

"오징어면 좋겠네요. 무늬오징어를 본 적이 없어서요."

윤 씨는 릴을 돌려 줄을 감았다.

"제법 묵직합니다."

윤 씨가 웃으며 낚싯대를 들었다. 그러자 수면에 황색 덩어리가 보였다.

"오징어네!"

황 선장의 말에 곽 씨도 낚싯대를 놔두고 다가왔다.

"어디 무늬오징어 구경이나 해 봅시다."

황 선장이 뜰채로 오징어를 건졌다. 묵직했다. 3킬로는 될 것 같았다. 오징어는 어른 손바닥보다 길었다. 놀랍게도 눈알이 에메랄드색이었다. 무심코 보면 보석 두 개가 박혀 있는 것 같았다.

"와, 진짜 눈알이 에메랄드색이네. 신기하네요."

곽 씨는 오징어에서 눈을 떼지 못했다. 서 씨도 오징어를 보며 초조하게 손바닥을 비볐다. 다들 저마다의 욕심이 있었다. 황 선장이 말했다.

"보소, 저기 뒤에 한 마리 따라온다."

그 말에 서 씨가 다급하게 걸어가더니 낚싯대를 잡았다. 제대로 보지도 않고 오징어를 향해 낚싯대를 휙 던졌다. 황 선장은 자신도 모르게 튀어나오는 쯧, 소리를 힘들게 삼켰다. 오징어가 방향을 바꿨다. 그러자 서 씨가 낚싯줄을 감아 다시 휙 던졌다. 낚시를 하는 거라기보다 낚싯대로 새총 쏘는 것처럼 보였다. 황 선장은 고개를 절레절레 흔들었다. 곽 씨가 오징어는 어떻게 잡느냐고 물었다. 윤 씨가 말했다.

"바닥에서부터 액션을 주기적으로 해 줘야 합니다."

한동안 낚시에 집중하던 곽 씨가 낚싯대를 버려 두고 윤 씨가 잡은 무늬오징어 사진을 찍었다. 뒤따라오던 오징어는 수면 아래로 쑥 내려가더니 모습을 감춰 버렸다. 서 씨는 불퉁한 표정으로 혼잣말로 뭐라고 구시렁거렸다. 그 후로 한 시간 넘게 입질이 없었다. 그러자 서 씨가 도저히 참을 수 없었는지 말했다.

"자리를 옮겨 봅시다."

윤 씨와 곽 씨도 그러자고 했다. 황 선장은 배를 옮겼다. 그렇게 포인트 이동을 서너 차례 하는 동안 잔챙이 한 마리도 잡히지 않았다. 서 씨 얼굴이 점점 굳어져 갔다. 출항 후 세 시간 동안, 유일하게 윤 씨 혼자 오징어 한 마리를 잡은 게 전부였다. 윤 씨는 미끼를 바꿔 던졌다.

"꼭 잡을 것 같은데… 이상하게 입질이 없네."

황 선장도 이상하다 싶었다. 물고기가 없는 건 아니었다. 수온도 적당하고, 무선으로 연락해 본 다른 낚싯배에서는 고기가 잘 잡히고 있었다. 간이 의자에 느긋하게 기대앉은 곽 씨가 말했다.

"잡히는 날이 있으면 안 잡히는 날도 있지요."

그러자 서 씨가 불만스레 말했다.

"낚싯배를 탔으면 몇 마리는 잡아야지, 새벽부터 준비해서 나왔는데 한 마리도 못 잡는 게 말이 됩니까!"

대뜸 쏟아 내는 불만에 황 선장은 헛웃음이 났다. 결국 포인트를 제대로 안내하지 못한 황 선장 책임이라는 말이었다.

"제대로 된 손맛을 봐야 하는데, 이럴 수는 없단 말입니다."

햇빛을 등지고 선 서 씨가 입질 없는 낚싯대를 물 위로 들어 올렸다. 그리고는 성큼 윤 씨 쪽으로 갔다.

"자리 바꿔 봅시다."

갑작스러운 서 씨의 행동에 윤 씨는 눈을 껌벅였다. 윤 씨는 서너 걸음 차이밖에 안 나는 좁은 낚싯배를 쓱 훑어보고는 말했다.

"아이고, 여기나 거기나 별 차이 없어요."

윤 씨가 다리를 벌리고 서서 꼼짝도 안 하자, 서 씨가 황 선장에게 말했다.

"그럼 포인트 이동합시다."

윤 씨도 화가 나는지, 낮은 목소리로 으르렁거리듯 말했다.

"하도 옮겨 다녀서 멀미 날 지경인데 또 옮기자고요?"

서 씨가 곽 씨를 쳐다보자 곽 씨는 모자를 꾹 눌러쓰고 눈을 감아 버렸다. 윤 씨가 움직이지 않으니 서 씨는 원래 자리로 되돌아갈 수밖에 없었다.

바람이 불더니 구름이 깔렸다. 햇볕이 가려져 한숨 돌리나 싶었는데, 바람 부는 방향이 바뀌었다. 잠시 후, 황 선장은 목덜미를 휘감은 바람에 축축한 느낌이 들었다. 어쩐지 등줄기까지 서늘했다. 눈을 가늘게 뜨고 먼바다를 살폈다.

"그만 접고 갑시다. 해무가 몰려올 것 같아요."

서 씨가 볼멘 어조로 소리쳤다.

"이대로 못 가요. 꼭 한 마리를 잡아야겠습니다."

황 선장은 고집스레 낚싯대를 던지는 서 씨를 보았다. 곽 씨는 주섬주섬 낚싯대를 접으며 말했다.

"배에서는 선장 말을 따라야지요."

서 씨가 고개를 홱 돌려 곽 씨를 째려보더니 다시 낚싯대를 휙 던졌다. 잔물결을 일으키고 주홍색 찌가 물 위로 떠올랐다. 윤 씨도 낚싯대를 접으며 말했다.

"다섯 마리는 잡힐 거라 생각했는데, 벵에돔도 입질이 없다니 아쉽네요."

황 선장은 치미는 욕을 꾹 눌러 참으며 서 씨에게 다시 말했다.

"해무 끼면 사고 날 수 있어요. 그만 갑시다!"

해무가 손에 잡힐 정도로 가까이 밀려왔다. 시야를 가릴 정도는 아니지만, 바다에서 해무를 만나면 무조건 피해야 한다. 해무는 수면에서 연기처럼 뭉실뭉실 피어올랐다. 서 씨는 잔뜩 얼굴을 찌푸리고 낚싯대를 접었다.

황 선장은 배 시동을 켰다. 웡, 엔진 소리가 났다. 뱃머리를 항구 쪽으로 돌렸다. 배 운행을 한 지 채 십 분도 안 되어 해무가 짙어졌다. 순식간에 시야가 가렸다.

황 선장은 침을 꼴칵 삼켰다. 평생을 바다에서 보냈는데 이렇게 순식간에 빠르게 퍼지고 짙은 해무는 처음이었다. 해무 때문에 신경이 곤두서 있는데 서 씨의 불만 어린 투덜거림까지 이어졌다.

"제대로 된 포인트를 갔어야지. 최소한 손맛은 보게 해 줘야 하는 거 아냐!"

쭝얼쭝얼 서 씨는 고기를 잡지 못한 책임을 황 선장 탓으로 몰아갔다. 황 선장은 항구 방향을 확인하며 희뿌연 해무 사이를 헤쳐 나가느라 눈알이 뻑뻑했다. 새벽에 날씨 확인했을 때 해무 소식은 없었다. 귀를 찔러 대는 서 씨 말에 속에서 부글부글 화가 끓었다. 황 선장은 코를 실룩이고는 안전하게 항구에 도착할 수 있기만을 바랐다. 그때 서 씨가 들으라는 듯 큰 소리로 말했다.

"고기도 못 잡았는데, 이대로 돌아가면 뱃삯은 돌려줘야 하는 거 아닙니까!"

억지 부리는 말에 황 선장은 순간 욕을 내지를 뻔했다. 다른 배보다 만 원을 적게 받는다. 소일거리로 하는 일이라 큰 욕심이 없다. 그러니 정원보다 사람도 적게 받았다. 생각하니 화가 치밀었다. 날씨 때문에 안전상 돌아가야 하는 상황인데 뭐가 불만이란 말인가. 핸들을 잡은 손에 힘이 들어갔다. 윤 씨와 곽 씨는 해무를 뚫어져라 쳐다보면서 긴장한 모습으로 앉아 있었다. 서 씨는 여전히 궁얼거렸다.

황 선장은 도저히 참을 수 없어 한마디 했다.

"거참, 고만 좀 구시렁거리소. 낚시 첨 하요."

서 씨가 벌떡 일어나더니 소리쳤다.

"구시렁? 구시렁댄다고 했소! 포인트 하나 제대로 못 찾으면서 낚싯배를 해! 능력이 없으면 낚싯배 당장 접어야지."

낚싯배를 접으라는 말에, 순간 황 선장은 몸에 힘이 탁 풀렸다. 핸들이 빙그르르 돌았다. 순간 배가 흔들렸다. 배가 흔들리자 서 씨가 또 화를 냈다. 황 선장이 배를 안전하게 몰지 않는다고 발을 구르며 욕을 했다. 안 그래도 해무 때문에 불안한데 서 씨가 일어서서 난리를 치자 윤 씨와 곽 씨가 동시에 소리쳤다.

"그만하소."

서 씨가 뜨악한 표정을 짓더니 입술을 꽉 깨물었다. 곽 씨가 말했다.

"보소, 해무가 심상치 않아요. 빨리 항구로 돌아가야 하지 않겠습니까."

윤 씨는 배 난간을 꽉 잡고 성큼성큼 밀려드는 해무를 보며 말했다.

"한 치 앞도 안 보이니 이러다 혹…."

윤 씨는 말이 씨가 될까 두렵다는 듯 말끝을 흐렸다. 그제야 서 씨는 배를 에워싼 해무를 제대로 봤다. 어느새 다가왔는지 해무가 배를 뒤덮고 있었다.

황 선장은 목덜미가 뻣뻣해져 왔다. 뭐가 보여야 속도를 내지. 항로만 따라 운행하는 거야 그렇다고 하지만, 눈앞이 온통 해무로 덮여 있으니 손으로 더듬으며 가야 하는 꼴이었다. 비상등을 켰지만, 옆구리에서 배가 튀어나와도 보이지 않을 정도로 해무가 짙었다. 혼자라면 해무가 걷힐 때까지 기다렸을 것이다. 황 선장은 숨을 후 내쉬었다. 풍랑에 배가 뒤집힌 적도 있는데 이깟 해무가 뭐라고. 하지만 지금 배에는 낚시꾼들이 타고 있다. 불안감이 몰려왔다. 그때 퉁, 뚜두둑 소리가 나더니 뱃머리가 한쪽으로 기우뚱했다. 서 씨가 아이쿠, 소리를 지르며 주저앉았다. 배 난간을 잡고 있던 윤 씨가 말했다.

"선장님 배 밑에 뭔가 부딪친 거 같은데요!"

황 선장은 등줄기에 식은땀이 주룩 났다. 해무를 헤쳐 나가느라 갯바위를 잊었다. 항구로 가는 길에 제법 큰 갯바위가 있었다.

"갯바위에 부딪힌 거 같습니다."

서 씨가 해무를 밀어 대듯 손을 휘저으며 다급하게 소리쳤다.

"후진! 후진해서 배를 빼야지. 빨리 후진해요!"

황 선장은 서 씨 말을 귓등으로 흘려들으며 배를 천천히 움직였다. 뱃일하면서 위험에 처한 적은 수도 없이 많았다.

서 씨가 안개를 밀어내기라도 하듯 손을 휘저으며 황 선장을 불렀다."

"배 밑창 깨진 것 아냐? 황 선장 빨리 확인해 봐."

다그치는 말은 점점 짧아지고 비명에 가까워졌다. 발을 동동 구르기까지 했다. 보다 못한 곽 씨가 서 씨 팔을 잡았다. 그러자 서 씨가 버럭 소리를 지르며 곽 씨 팔을 밀쳤다. 두 사람이 실랑이를 하자 배가 한쪽으로 훽 넘어갔다. 황 선장은 긴장과 초조감에 화가 치밀어 눈에 핏발이 섰다. 당장이라도 달려가 서 씨 엉덩짝을 차고 싶었다.

"거 쫌! 가만히 있으소."

황 선장이 소리를 지르자 서 씨가 되레 비명을 꽥꽥 질렀다.

금방이라도 배가 물에 가라앉기라도 하는 것처럼 펄쩍 뛰었다. 곽 씨가 서 씨 팔을 잡아당기며 앉으라고 말했다. 윤 씨가 서 씨 어깨를 꽉 눌렀다. 엉거주춤 쭈그려 앉은 서 씨는 눈을 부릅뜨고 입술을 꽉 깨물었다. 그 모습이 물 위로 건져 올려진 복어 같았다.

황 선장은 입을 벌리고 숨을 후후 내쉬고 들이쉬었다. 죽음이 코앞에 닥치면 자신을 잃어버리는 건 어쩔 수 없다. 바다에서 사고를 당하면, 인간은 낚싯바늘에 걸린 물고기보다 못하다. 하지만 숨이 붙어 있는 이상 살 궁리를 해야 한다. 진짜 두려운 것은 자신이 무엇을 해야 할지 모르는 것이다.

일광호 선장으로 지금은 오직 한 가지 일에만 집중하면 된다. '갯바위를 피해 항구로 가는 것!' 부딪친 소리만으로 배 바닥 상황이 어떤지 대충 감을 잡았다. 분명 금이 갔다. 황 선장은 핸들을 꽉 잡고 눈을 부릅떴다. 평소 같으면 느긋하게 바람을 맞으며 두런두런 이맘때 올라오는 전어나 돔에 관해 이야기하며 웃고 떠들었을 것이다.

윤 씨가 다가와 낮은 소리로 말했다.

"선장님, 바닥에 물 새는 것 같아요."

황 선장은 바싹 마른 입술을 혀로 축이며 윤 씨에게 눈짓했다. 서 씨는 모르게 하라는 뜻이었다. 배에 물이 샌다고 하면 서 씨는 갓 건져 올린 멸치처럼 파닥거릴 게 뻔했다. 그러자 윤 씨가 고개를 끄덕였다.

황 선장은 심장이 벌렁거렸다. 초조한 시간이 흘렀다. 일 초가 일 분이 한 시간보다 길게 느껴졌다. 그리고 얼마 후 항구에 도착했다. 갯바위에 부딪히고 항구까지 걸린 시간은 기껏해야 5분 정도였지만 아주 오랫동안 해무에 갇혀 헤맨 것 같았다.

황 선장은 일광호 엔진을 끄자 피로가 몰려왔다. 서 씨가 낚시가방을 들고 제일 먼저 배에서 내렸다. 뒤따라 내리던 곽 씨가 인사를 했다.

"수고 많으셨습니다. 전어 올라오면 전화 주십시오."

윤 씨는 황 선장에게 다가와 꾸벅 고개를 숙였다.

"선장님, 덕분에 안전하게 돌아왔습니다. 고맙습니다."

순간 황 선장은 울컥했다. 자신이 얼마나 긴장했는지, 항구에 도착하고 일광호 엔진을 끄면서 손이 얼마나 떨렸는지 그제야 실감했다.

황 선장은 떨리는 손을 주먹을 쥐고 말했다.

"며칠 있다 날 좋으면 낚시 갑시다."

윤 씨가 무늬오징어를 담은 통을 들고 배에서 내려가며 손을 흔들었다.

황 선장은 긴장이 풀어지자 일광호가 걱정됐다. 일단 배를 뭍으로 올려 상태가 어떤지 확인해야 했다. 배를 올리려면 사람을 불러야 한다.

황 선장은 배에서 내려 땅을 밟자 안도감을 느꼈다. 땅에서 공기를 마시니 역시 좋았다. 언제부터인가 입에 붙어 버린 말을 중얼거렸다.

"마지막 숨은 땅에서 쉬어야지."

그랬다. 평생을 바다에 기대어 살아 왔지만, 바다에서 죽을 수는 없었다. 늙고 주름진 몸이지만 온전한 육신으로 딸과 마지막 인사를 하고 싶었다. 반평생 엄마 없이 자란 딸이 황 선장에게는 포인트였다.

휴대전화를 꺼냈다. 뚜뚜 신호가 간다. 신호음이 길게 이어진다. 수리비는 얼마나 나올지, 며칠이나 수리해야 할지, 낚시꾼들에게 뭐라고 말해야 할지 머릿속으로 바쁘게 계산했다. 해무가 점점 더 짙어졌다. 늦은 밤, 빗방울이 떨어지기 시작했다.

오락가락하던 비가 주춤하더니 먹구름 사이로 해가 나왔다. 항구 끝자락 방파제가 보이는 부둣가, 물에서 올려진 낡은 낚싯배 안 밑바닥에서 둔탁한 소리가 났다.

황 선장은 땀을 뚝뚝 흘리며 낚싯배 바닥의 갈라진 틈을 메꾸고 있었다. 주머니 속 휴대전화는 끊임없이 울렸다 그치기를 반복했다. 얼추 마무리하고 오늘 중으로 물에 올려볼 생각에 전화 받을 틈이 없었다. 햇빛이 점점 강해지면서 목덜미에 뚝뚝 흐르던 땀이 등허리까지 흘렀다.

"어이, 황 선장. 배 수리 끝났나?"

바닥에 엎드려 방수칠을 하던 황 선장은 고개도 들지 않고 대꾸했다.

"왔는가."

고개를 들이민 사람은 낚시점 사장 강칠구였다. 누런 모자를 삐딱하게 쓴 칠구가 눈을 게슴츠레하게 뜨고 말했다.

"야야, 진즉에 기술자 불러서 고쳤으면 벌써 물에 올렸겠다."

한심하다는 표정으로 칠구는 혀를 끌끌 찼다.

황 선장은 콧김을 내쉬었다. 오가는 사람마다 비슷한 말을 했다. 같은 말을 수도 없이 들었다. 엎드려 일한 탓인지 등허리가 뜨거운 수건을 올려놓은 것처럼 화끈거렸다. 안 그래도 작은 파공부가 생각보다 많아 이틀이나 걸려 메웠다. 황 선장의 속에서 열이 확 올라왔다.

"됐다 마. 오늘 중으로 끝난다."

입을 열자 목 안이 따가웠다. 목이 타들어 가는 것 같은 갈증이 몰려왔다. 물이라도 마셔야겠다 싶어 일어서는데, 눈앞이 핑 돌았다. 황 선장은 다리에 힘이 풀려 털썩 주저앉았다.

"아이구야, 돈 좀 아끼려다 사람 잡는다, 사람 잡아!"

걸걸한 칠구 목청이 어찌나 크게 울리는지 머리까지 지끈거렸다. 당장 꺼지라고 말하고 싶은데 목이 갈라져 말이 안 나왔다. 안 그래도 말복 더위에 비까지 와서 날씨는 후텁지

근했다. 엎드려 바닥을 기어다니며 배 바닥을 안팎으로 확인하느라 온몸이 땀으로 끈적거렸다.

칠구가 물병을 내밀었다. 황 선장은 물병을 입에 대고 물을 마셨다. 얼마나 목이 말랐는지 단번에 작은 물병을 비우고 나서야 숨을 돌렸다.

"와, 낚시꾼들이 빨리 나가자고 재촉하나?"

칠구는 갈 생각이 없는 듯 철퍼덕 궁둥이를 붙이고 앉았다. 조끼 주머니 속 황 선장 휴대전화가 또다시 울렸다. 전화벨 소리에 칠구가 고개를 저었다.

"물이 차서 입질도 없을 건데."

"꾼들이 그런 것도 모를까. 그저 낚시하고 싶은 거지. 잡히면 좋고 안 잡혀도 좋은 거라."

"하긴. 태양호 박 선장도 새벽에 여섯 명 태우고 나갔다. 솔바위에 내려 줬다네."

솔바위는 입질이 좋기로 소문난 곳이라 선점하려면 이른 새벽에 가야 자리를 잡을 수 있었다. 갯바위가 작아 대여섯 명만 오를 수 있었다.

"며칠째 내린 비에 낚시를 못 하고 있으니 손이 근질근질한 거지."

목을 축이고 몇 마디 나누는 사이에 전화가 또 울렸다. 칠구가 황 선장을 보며 물었다.

"와 전화는 안 받노?"

칠구 말에 황 선장은 얼굴을 찌푸렸다.

"배 수리 중이라꼬 해도 계속 전화 온다. 언제 수리 끝나냐고 물어서 일을 할 수가 없다."

"희한하네. 와 자네한테만 유독 꾼들이 몰리노?"

"그게 다 단골들이라 그렇지. 자길 빠뜨리고 가면 안 된다고 확인 전화하는 거라."

황 선장이 작업도구가 담긴 통을 옆으로 밀어 놓고 등을 기대자 칠구가 찾아온 이유를 꺼냈다.

"딸이 낚싯배 그만하라고 했다며?"

"지가 뭐라꼬 내한테 이래라저래라 하노!"

역정을 내며 버럭 소리를 지른 황 선장은 생각만 해도 언짢았다. 칠구가 말했다.

"그거야 나이도 있고, 허리 수술한 거 도질까 봐 그런 거지."

황 선장은 지난겨울에 허리 디스크 수술을 했다. 겨우내 병원을 오가며 물리치료를 하는 동안 딸이 운전하는 차를 타고 다녔다. 딸은 낚싯배를 정리하라는 말을 꺼냈다. 심심하면 자기가 하는 건어물 가게에 나와 앉아 있으라는 말까지 했다.

"허 참, 낚싯배 팔려나 싶어 왔지."

황 선장은 쯧, 혀를 찼다.

"와? 누가 낡은 배 산다고 하더나?"

"니가 관리를 워낙 꼼꼼하게 해서 탐내는 사람이 있지."

칠구 말에 얼굴을 잔뜩 찌푸린 황 선장이 말했다.

"이 나이에 낚싯배 그만두면 뚱이나 싸다가 죽을 날 기다리는 것밖에 더 하겠나. 뭐라 해도 손에 익은 일이 낫지."

칠구는 맞는 말이라며 고개를 끄덕였다.

"그렇긴 하지. 우리 나이면 어데 아프지 않은 곳이 없긴 하지. 그렇다고 일 없이 있으면 그것도 고역이라."

황 선장은 계속 울리는 전화를 받았다. 덥고 기운이 없어 말이 짧게 나왔다.

"여보쇼. 일광호요."

상대는 기다렸다는 듯 빠르게 말했다.

"선장님, 내일 자리 있습니까?"

황 선장은 침을 삼키고 천천히 말했다. 나이 탓인지 말이 어눌하다는 소리를 종종 듣는 터라 느리게 말하려고 애를 썼다.

"아, 김 사장 아닙니까. 아직 배 수리가 안 끝났어요."

전화기 너머 상대는 그러냐, 언제 수리 끝나느냐, 그때 일정을 맞추겠다고 말했다. 황 선장은 고개를 저으며 말했다.

"그게 배를 물에 올려 봐야 압니다. 물이 새는지 확인해야지요."

일광호는 황 선장과 함께한 세월이 십칠 년이다. 그만큼 손볼 데가 많은 배였다. 그의 낚싯배는 최근 들어 벌써 세 번이나 뭍으로 올려졌다. 처음에는 엔진 시동이 푸식푸식 꺼져서 배선을 교체했다. 두 번째는 해무에 항구로 돌아오다 갯바위에 부딪쳐 선미 하부 금 간 곳으로 물이 들어가 수리했다. 그런데 이번에는 배 바닥에서 물이 샜다.

전화기 너머로 실망 어린 얕은 한숨 소리가 났다. 황 선장은 그 소리에 코를 실룩이며 말했다. 코끝이 간질거리고 기침이 나오려 했다.

"그라면 박 선장한테 전화해 보소. 아마 자리 있을 기구만은."

박 선장 태양호는는 열두 명이 탈 수 있는 데다 운행한 지 삼 년밖에 안 됐다. 거기다 오십 대 후반에 입담이 좋은 박 선장은 낚시꾼들이 잡은 물고기를 배에서 빠른 칼질로 물회를 만들어 주기도 한다. 깔끔하고 매콤한 맛에 낚시꾼들이 좋아했다.

전화기 너머 잔웃음 소리가 났다.

"에이, 저는 언제나 황 선장님 배만 탑니다. 그럼 배 수리 끝나면 전화 주세요. 잊지 말고 꼭 전화 주셔야 합니다. 준비해 놓고 기다립니다."

기다렸다가 황 선장 배를 타겠다는 전화는 계속 이어졌다. 칠구는 말수가 적고 무뚝뚝한 황 선장을 보면서 낚시꾼들이 그의 낚싯배를 고집하는 이유를 모르겠다며 중얼거렸다.

“일광호 타면 낚시가 잘 되기라고 하나?”

황 선장은 어깨를 으쓱했다.

“나야 모르지. 내려 달라는 데 내려 주고, 태우러 오라 하면 태우러 가고, 포인트 이동하자면 옮기고 손님이 하자는 대로 한다.”

“기술자 안 부르는 이유가 뭐꼬? 벌써 며칠째 뚝딱거리노. 이 찜통 날씨에 더위 먹으면 그냥 가는 수가 있데이.”

칠구가 정색하고 다시 물었다. 그러자 황 사장은 입을 실룩거리고는 속내를 털어놓았다.

“딸내미가 내보고 자기 몸도 건사 못 하면서 바다에 나갔다가 낚싯배 사고라도 나면 그 뒷감당을 어떻게 하냐고 씨부렁거리는데 어찌나 화가 나던지.”

불퉁한 황 선장의 말에 칠구가 손바닥으로 무릎을 쳤다.

“뭐 그 말도 맞구만은.”

“맞긴. 개뿔! 평생 배만 몰았다. 말린 생선만 파는 딸이 뭘 안다고.”

황 선장 딸은 시장에서 건어물 가게를 한다. 어떻게 보면

부녀지간이 바다를 끼고 살아가고 있어 말이 잘 통할 수 있었다. 하지만 활어를 즐겨 먹는 황 선장과 생선구이를 즐기는 딸은 다른 식성만큼이나 모든 일에 티격태격했다. 딸은 배를 정리하고 건어물 가게에 나와 앉아 있으라고 했다. 그 말에 황 선장은 딱 잘라 그럴 일 없다고 말했다.

시장 모퉁이 건어물 가게에서, 플라스틱 의자에 앉아 있는 황 선장 모습을 떠올린 칠구는 헛웃음을 지었다. 평생 바닷바람을 가르고 파도를 탄 사람이 가만히 앉아 있을 리가 없었다.

"자네 딸이 효녀다. 니 허리 수술하고 꼬박꼬박 시간 맞춰 병원 데리고 다닌다고 고생했지. 복 터지는 소릴 하는구먼. 나 봐라. 자식이 있으면 뭐 하노. 명절이나 돼야 삐죽 얼굴 내밀고 앉은자리에서 일어나 바쁘다고 간다."

칠구 말에 황 선장은 흥, 콧방귀를 뀌었다.

"내 손으로 배 수리한 세월이 얼만데."

"그래가 직접 수리한다꼬 큰소리쳤단 말이가?"

황 선장이 고개를 끄덕이며 말했다.

"대충 다 했다. 마무리만 하면 물에 올릴 수 있다."

칠구는 헛웃음을 지었다.

"야야, 늙어 객기 부리다 풍 맞는 수가 있대이."

"재수 없는 소리! 입방정 떨 거면 고마 가라."

"쳇, 더위 먹고 숨넘어갔나 싶어 와 봤더니 가라는 소리나 하네."

칠구는 주춤주춤 일어서며 주머니에서 꺼낸 사탕 한 줌을 황 선장 조끼 주머니에 넣어 주었다. 빨간 포장지의 홍삼 사탕이었다.

"당 떨어지면 뒤로 넘어간다. 먹어 가면서 해. 점심은 부동산 김 씨와 콩국수 먹기로 했어. 전화하면 바로 나와."

황 선장은 손을 휘휘 저었다. 칠구를 보내고 황 선장은 주먹으로 등허리를 툭툭 두드렸다. 비닐을 까서 사탕 한 개를 입에 넣었다. 쌉쌀한 홍삼 맛이 퍼지면서 텁텁하던 입안에 침이 고였다. 가림막을 걷고 햇빛에 바닥 틈을 찬찬히 확인했다. 벌써 일주일째 배를 수리했다. 금이 간 곳은 메우고 방수칠을 꼼꼼하게 했다. 엎드려 금이 간 곳이 없나 찬찬히 확인했다. 얼추 마무리하자 콩국수를 먹으러 오라는 전화가 왔다. 전화를 끊자 기다렸다는 듯 벨이 울렸다.

"여보쇼, 일광호요. 아, 내일 새벽이요? 저녁에 다시 전화해 주쇼. 그게 배 수리는 끝났는데 물에 올려 봐야지요. 그럼요 안전이 중요하지요. 저 넓은 바다에 물고기가 어델 도망가는 것도 아니고 말입니다."

배낚시를 하고 싶어 하는 낚시꾼의 조급함에 황 선장은 껄껄 웃었다. 공구를 챙겨 상자에 담았다. 배를 물에 올리려면 사람을 불러야 했다. 장비 업체에 전화하자 해거름에 시간이 난다고 했다. 점심을 먹고 집에 가서 한숨 돌리고 오면 시간이 맞을 것 같았다. 몸을 일으킨 황 선장은 허리가 저릿해 주먹으로 등허리를 손바닥으로 문질렀다. 그러자 손끝에 덜렁거리는 조각이 잡혔다. 땀이 흘러 미끈거리는데, 파스가 떨어졌다. 파스를 떼어냈다. 어제 자기 전에 붙인 파스 한 장이었다.

황 선장은 피식 웃고는 돼지 꼬리처럼 둘둘 말린 파스 모서리를 펴서 배 바닥에 척 붙였다. 자신의 땀이 배인 파스를 꾹꾹 누르면서 말했다.

"일광호야 좀만 더 힘내 보재이. 황 선장표 파스가 방수에는 최고인 기라."

파스 한 장으로 낡은 배가 어찌 힘을 내겠냐마는, 녹을 긁어내고 고장나면 고치고 구멍은 메꾸었다. 천천히 그렇게 함께할 수 있는 일광호가 있어 하루가 살 만하다고 생각했다. 문득 고개를 돌린 황 선장은 파스가 다시 돌돌 말려 있는 것을 보았다. 허리를 굽히고 손바닥으로 있는 힘껏 파스를 착착 두드려 붙였다. 사다리를 치운 황 선장은 배 바닥을 힐끔 쳐다보았다. 다행히 파스는 편편하게 잘 붙어 있었다.

황 선장은 피식 웃고 말았다.

귀부인은 옥수수밭에

나백은 숨 막히는 더위에 눈을 떴다. 야자나무 무늬가 그려진 초록색 반바지가 땀에 젖어 엉덩이 사이에 끼었다. 원터치 모기장을 걷어 한쪽으로 밀어 놓고 임랑 앞바다를 향해 기지개를 켰다. 바람이 없는 바다는 호수처럼 잔잔하다. 물에 반사된 햇빛 때문에 눈이 부셨다. 아침부터 소란스럽게 날아든 갈매기 떼가 배 난간에 줄지어 앉아 똥을 갈기고 있다. 나백은 찌그러진 깡통에 소변을 눴다. 소나기라도 한바탕 쏟아지면 비누 거품 샤워라도 하는데, 구름 한 점 없는 하늘은 바다를 삼킬 듯 쨍하다. 푸드덕, 피할 틈도 없이 발등에 뜨끈한 덩어리가 떨어졌다. 갈매기 한 마리가 어정쩡한 자세로 굳어 버린 나백의 머리 정수리를 스치듯 날아간다. 나백은 뱃속이 울리도록 소리를 질렀다. 난간에 앉아 있던 갈매기들이 푸드덕 날아오른다. 나백은 주문처럼 되뇌었다. "죽인다. 기름칠이 아주 잘된 총으로, 한 방에 열 마리 모가지를 관통하는 총알을 넣고 쏘고 만다." 총알을 장전하고 방아쇠를 당기는 상상을 한다. 목이 꿰뚫린 갈매기들이 추락하는 모습을 떠올리자 목덜미를 옥죄던 무더위와 발등에 떨어진 뭉근한 새똥이 조금 견딜 만해졌다.

'귀부인과 항해를 떠나도 좋겠어.' 귀부인은 1.9톤 선외기다. 아버지가 쓰던 낡은 낚싯배였다. 나백은 문득 팔아 버린 엔진이 아쉽다고 생각했다. 귀부인이 항구에 있을 때, 밤낚시꾼들은 그것을 좋아했다. 귀부인은 종종 부부싸움의 불씨가 되었는데, 아버지는 그걸 또 재미있어했다. 소형 낚싯배에 '귀부인'이라는 이름을 붙인 건 순전히 아버지의 치기 어린 낭만이 남긴 결과였다. 아버지 평생 꿈이 귀부인을 만나 사랑에 빠지는 거였다. 건어물 가게를 했던 어머니는 아버지의 귀부인 타령에 우스갯소리라며 코웃음을 쳤다.

귀부인은 부산 동해안, 임랑 해안가 옥수수밭에 정박 중이다. 나백은 귀부인의 심장, 존슨175엔진을 떼어 내 한 달 전 중고로 팔아 컵라면과 생필품을 샀다. 지금도 가끔 귀부인을 찾는 사람이 있다. 옥수수밭에 앉아 있는 귀부인을 쳐다보고는 아쉬움 가득한 눈으로 발을 떼지 못하고 한참을 서성이다 가는 사람도 있다. 엔진이 없는 하우스형 보트는 나백에게 유일한 작업 공간이기도 했다.

모자이크 아티스트 윤나백은 심약한 사람이다. 작업을

할 때면 과민성대장증후군에 시달린다. 비쩍 마른 몸에 광대뼈가 불거진 얼굴, 작고 눈꼬리가 위로 올라간 두 눈에는 늘 핏줄이 서 있었다. 남들이 뭐라고 하든 나백은 자신의 마른 몸과 예민한 기질에 만족하는 편이었다. 현재 자기 모습은 깨어 있는 정신을 보여 주는 예술가답다고 생각하고 있었다.

나백은 자칭 미래지향적 창조예술가라 하지만, 그의 명성은 파괴 전문으로 알려져 있었다. 그의 작품에는 기이하거나 추하다는 평이 따라붙었다. 초기 몇 작품은 꽤 반응이 좋았다. 방송이나 예술 전문지에 소개도 됐다. 유산으로 받은 건물을 팔아 작업실을 만들고, 새로운 시도로 도자기 가마까지 주문 제작해서 그림 타일을 만들었다. 브로콜리 그림 타일 조각으로 만든 지구 모형은 '푸른 지구, 무한한 생명'이라는 의도와 다르게 '구토' 유발 조각품이라는 악평을 들었다. 또 다른 작품인 모자이크 벽화 '낮잠'은 '저주' 장소로 유명세를 치렀다. 벽화 '낮잠'은 꽃밭에 누워 잠든 아이를 표현한 작품으로 생선 뼈와 유리구슬, 버려지는 병뚜껑으로 만들었다. 넉 달에 걸쳐 완성한 벽화는 만취한 사내가 오줌을 갈기고, 오토바이 폭주족들이 휘두른 막대기에 부서졌다.

나백은 예술적 가치를 몰라보는 사람들이 자기 작품을

훼손하는 데 엄청난 분노를 느꼈다. 나백이 추구하는 예술은 기존의 것을 파괴하고 완전히 새로운 가치를 부여하는 데 있었다. 그 과정에 자신의 모든 에너지를 쏟아 부었다. 어디선가 본 듯한 느낌이 든다면 창작이라고 할 수 없다고 단언했다. 낡은 것을 파괴하지 않고 어떻게 새로운 것을 만들 수 있는가! 늘 새로움에 갈증을 느끼는 나백은 점점 더 혼자 있는 시간이 늘어났다. 한때 나백은 모자이크 아티스트로 꽤 이름을 알렸다. 시대를 앞서가는 예술가로 불리며 대형 작품 의뢰가 많았다. 그중 하나는 폐광 후 버려진 절벽에 푸른 용을 새기는 작업이었다. 십 년이 지난 지금도 푸른 용은 폐광을 대표하는 작품이다. 그의 성공을 시기라도 하듯 누군가 나백의 SNS에 곰팡이가 핀 썩은 감자 사진을 올렸다. 댓글이 줄줄 달렸는데 나백의 예술성은 썩은 감자와 곰팡이라 불렸다. 도대체 무슨 의미로 그렇게 부르는지 나백은 알 수 없었다. 단순한 조롱이라고 넘기려 했는데, 최근 몇 년간은 간간이 들어오던 시제품 콜라보 의뢰까지 끊어져 버렸다. 안 그래도 마른 몸이 서리 맞은 고춧대처럼 말라 갔다. 그런데도 나백은 어쩌다 들어오는 작품 의뢰에서 의뢰인의 의도에 맞추기보다 자기 생각을 밀어붙였다. 서른넷, 그에게 남은 것은 작업실 겸 거주지인 귀부인뿐이다.

나백은 '귀부인'을 완벽한 예술작품으로 새롭게 창조하는 작업에 몰두 중이다. 백사장에서 건져 올린 자연이 만들어 낸 재료들로 작업하고 있었다. 유리 조각이나 크고 작은 조가비, 파도에 마모되어 동글해진 플라스틱 조각들, 햇볕에 바싹 말라 돌처럼 굳어진 불가사리와 파도에 부서져 떠밀려 온 산호 조각들을 조각 퍼즐 맞추듯 자리를 정하고, 자르고 붙이기를 반복하고 있다.

그럴 때면 나백은 자신의 작업 공간인 귀부인 뱃속을 자랑하고 싶다는 생각이 불쑥 들었다가 또다시 시달릴 예술에 무지한 사람들이 뱉어내는 악평이 떠올랐다. "똥을 싼다. 똥을 싸!", "토 나온다. 고만 해라. 말술 처먹었나." "돈 참 쉽게 버네." "미치광이나 좋아할 만한 쓰레기", "지구를 위협하는 테러"라는 어처구니없는 소리도 들었다.

나백은 잔뜩 찌푸린 얼굴로 뱃전에 고개를 내밀고 "사생활 침해하지 말고 썩 꺼져라." 버럭 소리를 질렀다. 엔진이 없는 배는 더 이상 바다에 머무를 수 없다. 나백은 돈을 벌면 최신형 엔진을 알아봐야겠다고 생각했다. 뱃머리에 서서 콧구멍을 벌렁거렸다. 비릿한 갯내가 난다. 항해를 준비하는 선장을 상상하며 예술혼을 불러오는 장중한 의식을 막 떠올리는 순간, 분위기를 깨는 괄괄한 소음이 들렸다.

"야! 야, 윤나백! 일어났나. 그 어정쩡한 자세는 머꼬? 다이빙할라고?"

배 난간으로 고개를 내밀자 시꺼먼 잠수복을 입은 통통한 사내가 손에 오리발을 들고 서 있다. 임랑 물개로 불리는 한도욱이다. 다섯 평 가게에 파도 학교 간판을 내걸고, 서핑을 가르치며, 서핑용품을 판매한다. 현재는 거의 폐업 수준이다. 인근 송정 해수욕장으로 사람이 몰리면서 임랑 해변을 찾는 사람이 없다. 도욱은 평균에 못 미치는 작달막한 키에, 어깨가 벌어지고 살집이 많다. 통통한 덩치는 바다에 들어가면 물개처럼 유연하게 물살을 가른다. 입은 또 어찌나 거친지 거품을 뱉어 내는 털게의 집게발보다 날카롭고 독하다. 그러다 가게를 찾아온 손님을 대할 때는 까만 눈을 반짝이며 찐빵같이 볼을 부풀리고 눈꼬리가 휘어지도록 웃는다. 태세 전환이 빠른 놈이다. '배에서 바다까지는 못해도 백 미터가 넘는데, 다이빙은 무슨 헛소리를 하는 거야.' 튀어나오려는 말을 꾹 참은 나백은 오리발만 달랑 들고 있는 그의 손을 보고는 물었다.

"문어는? 불가사리는?"

도욱이 손으로 물기 묻은 머리카락을 털었다. 분명 며칠 전부터 문어를 잡아 오겠다고 큰소리를 쳤다. 자연산 문어 숙회에 소주를 마시게 해 주겠다며 설레발을 쳤었다. 지난

주부터는 불가사리로 서핑 학교를 알리는 간판을 만들어 달라고 끈질기게 나백을 괴롭히고 있다. 도욱은 최근 들어 불가사리에 유난히 집착한다. 끈으로 묶어 놔도 탈출하는 불가사리 영상을 본 후로 생긴 어처구니없는 믿음이다. 바다에 잠수했을 때 천하무적이 되는 힘이 불가사리에 있으니 자신이 불가사리가 되어야겠다는 엉뚱한 소리를 해 댔다. 바다 신으로 불가사리를 섬기기로 했다는 망발까지 하고 다닌다. 그의 말대로 불가사리로 모자이크 간판을 완성하는 날, 도욱은 불가사리를 신으로 섬기는 신실한 신자가 되어 무릎을 꿇을지도 모르겠다. 도욱이 괄괄한 목청을 세워 말했다.

"야, 바닷물이 더워서 문어가 없어. 불가사리는 내일 가져다줄게."

문어가 바위틈 사이를 빠져나가는 모양을 온몸으로 흉내 내며 주접을 떨던 도욱이 코를 실룩거렸다.

"야, 거 좀 갖다 버려라. 이동식 변기통 하나 사 줄까? 돈 없나?"

나백은 조타실 구석 바닥에 오줌이 찰랑거리는 깡통을 내려놨다. 반바지에 다리를 끼워 넣고, 구석에 뭉쳐 있던 회색 티를 털어 입었다. 옷에서 쉰내가 훅 났다. 도욱이 고개를 돌리며 인상을 썼다.

“야, 좀 씻고 살아라. 더럽꾸로 꼴이 그게 머꼬. 꼬질꼬질한 것도 예술이가! 리얼 생존 배에서 살아남기 촬영 중이가?”

도욱이 컥컥거리고 웃었다. 멀리서 큰 소리로 나백과 도욱을 부르는 소리가 들렸다.

“머 하노. 얼른 넘어온나. 싱싱한 말미잘 새로 들어왔다.”

두 사람을 부르는 사내는 우봉이었다. 보라색 비닐 앞치마를 입고 식당 입구에 서 있다. 나백은 배에서 뛰어내렸다. 흙먼지가 풀썩 일었다. 두 사람은 옥수수밭을 가로질러 걸었다. 까끌까끌한 옥수수잎이 팔뚝을 스쳤다. 나백은 몸에 스치는 옥수수잎을 꺾어 밭고랑에 버렸다. 이파리 몇 개 뜯어내도 옥수수는 쑥쑥 자란다. 도욱이 까만 눈을 반들거리며 물었다.

“야, 가게 간판 언제 만들어 줄 건데? 생각해 놓은 디자인은 당연히 있겠지!”

나백은 속으로 욕을 퍼부었다. 그놈의 야, 야, 소리만 들어도 머리가 지끈거렸다. 주문 제작의 기본은 착수금이다. 계약금도 없이 일하라고 하는 건 예술가를 무시하는 기만행위다. 몇 번이나 계약금을 줘야 일한다고 했는데, 도욱은 들은 척도 안 한다. 실실 웃으면서 아는 사이에 뭘 그렇게 야박하게 따지냐며 오히려 주먹으로 어깨를 퍽퍽 쳤다.

"뚝딱 몇 번만 하면 쉽게 만들 수 있는 걸, 그저 슬쩍 하나 주면 되는 걸." 주절주절 읊어 대는 도욱의 입을 걸레로 틀어막고 싶었다. 나백은 불가사리를 열 포대 구해 오면 생각해 보겠다고 했다. 도욱은 그 정도는 일도 아니라며 큰소리를 쳤다. 지금도 나백은 도욱의 멱살을 쥐고 짤짤 흔들고 싶은 걸 꾹 참는다.

"딱 떠오르는 게 없네."

나백의 말에 도욱이 오리발로 나백의 등을 퍽 때렸다. 나백은 예상치 못한 강한 충격에 몸이 앞으로 휘청했다. 도욱이 나백의 어깨를 잡아채며 다그쳤다.

"눈에 확 띄는 걸로 후딱 만들어 봐라. 그래야 사람들이 바글바글 몰려오지."

도욱은 요구 조건을 매일매일 새롭게 바꾸거나 허접한 내용을 추가한다. 어김없이 생각나는 대로 입을 놀린다.

도욱이 또다시 생각나는 대로 떠벌거린다.

"파도 타는 불가사리와 물개 어떠노?"

"그냥 네 전신사진을 걸어라."

나백의 말에 도욱이 머리를 바싹 들이밀었다.

"야! 니는 예술가잖아! 눈에 확 띄는 간판을 해야 손님이 오지. 내가 잘되면 니도 이름 날리고 좋잖아. 친구 좋다는 게 뭐꼬. 어깨동무하고 같이 가는 게 친구 아니가!"

나백은 한숨조차 나오지 않았다. 어제는 앨버트로스, 그제는 포세이돈을 심벌로 하고 싶다던 놈이다. 나백은 코웃음이 났지만 더러워도 참아야 한다.

귀부인이 정박해 있는 옥수수밭 땅 주인이 도욱이다. 밭에서 쑥쑥 자라고 있는 옥수수는 말미잘 매운탕 가게를 하는 전우봉 소유다. 가게 앞에 가마솥을 걸어 놓고 옥수수를 삶아 팔고 있다. 무슨 일인지 우봉이 이른 아침부터 밥 먹자고 가게로 불렀다. 나백은 찜찜했지만, 마땅히 거절할 명분이 없었다. 우봉이 하는 매운탕 가게에서 바닷가 쪽으로 쳐다보면 귀부인이 한눈에 보인다. 온종일 낡은 배 안팎을 돌면서 뜯었다 부쉈다가 접착제를 바르고 조각을 붙이는 작업만 하는 나백의 일상을 주변 사람들은 다 안다.

임랑 해수욕장을 마주 보고 지붕 낮은 건물이 두 채 붙어 있다. 간판이 떨어진 서핑 가게와 매운탕 가게다. 매운탕 가게 사장 우봉이 비닐 앞치마를 입고, 수조에서 말미잘을 꺼내고 있다. 나백은 말미잘만 보면 자신도 모르게 눈꺼풀이 파르르 떨린다. 너풀거리는 촉수와 흐느적거리는 몸통을 보면 발가락이 오그라들고 발목이 찌릿하다. 어린 시절 바다에서 놀다 해파리에 쏘인 기억은 그의 뇌에 지독한 고통을 각인시켜 놓았다. 흐느적거리는 모든 것들이 그에게는 공포다. 도욱이 나백의 어깨를 툭 치면서 피식 웃었다.

"야, 오늘은 도전해 봐라. 맛은 장담한다. 진짜다! 예술가를 위해서 우리 둘이서 준비했다."

우봉이 빨간 고무통에 말미잘을 퍼 담았다.

"덥다. 들어가자."

가게 안은 시원했다. 에어컨이 켜져 있고, 천장에서 실링팬이 돌아가고 있었다. 목구멍을 꽉 막고 있던 답답함이 사라지자 머리까지 맑아졌다. 도마에 말미잘을 올리고 칼을 든 우봉의 머리가 햇빛을 받아 반짝였다. 잠수복을 벗고 반바지에 면티로 갈아입은 도욱이 주머니에서 휴대폰을 꺼냈다. 도욱은 식칼을 집어 든 우봉을 향해 카메라를 맞췄다. 녹화 버튼을 누르면서 도욱이 히죽 웃었다. 두 사람이 나백에게 말미잘 매운탕을 먹이기로 단단히 벼른 듯했다. 나백의 허옇게 질린 얼굴과 덤덤한 표정을 짓는 우봉을 번갈아 촬영하던 도욱이 말했다.

"예술가의 첫 말미잘 매운탕 도전기를 시작합니다. 오늘의 요리를 맡은 요리사 전우봉 한말씀 하시지요."

우봉이 짐짓 진중한 표정을 지으며 말했다.

"말미잘에는 독이 없어요. 생긴 모양이 비위 상한다고 생각하는 것도 편견입니다. 번데기나 곱창에 비하면 말미잘은 귀엽게 생겼습니다. 먹고 싶다고 해서 모든 사람이 다 먹을 수 있는 것도 아닙니다. 말미잘은 선택받은 미식가만 먹을 수 있습니다."

젠장, 나백은 입으로 튀어나오려던 비명을 꾹 눌러 참았다. 눈앞의 두 녀석은 나백을 끊임없이 도발한다. 이유는 없다. 단지 그들의 눈앞에 나백이 있기 때문이다. 날은 덥고, 가게에 손님은 뜸하다. 무료함에서 오는 괴팍한 장난이라고 웃고 넘기기에 나백은 심신이 괴롭다. 먹는 것마저 선택할 수 없다면 뭣 하러 숨을 쉰단 말인가. 자괴감이 몰려왔다. 나백은 소리를 지르고 싶었다. 하지만 입술이 떨어지지 않았다. 두 녀석은 말이 통하지 않다는 걸 너무나 잘 안다. 한동네에서 나고 자란 놈들인데 왜 모르겠는가. 모르는 사람이 봤다면, 실링 팬 돌아가는 소리와 도마에 칼질하는 소리가 잔잔한 바다와 어울려, 여유로운 풍경이라고 감탄할지도 모른다. 풍경에 포함된 나백은 등줄기로 식은땀이 흘렀다. 도욱이 잔뜩 흥이 오른 얼굴로 호기롭게 외쳤다.

"땡초 듬뿍 넣어 주세요, 셰프님. 매운탕은 입이 얼얼하게 매워야 매운탕이지요."

꼴에 녹화 중이라고 웃기지도 않게 방송에 나오는 말투를 흉내 낸다. 나백은 도욱의 괴상한 말투에 손발이 오그라드는 것 같았다. 말미잘 매운탕을 떠올리자 나백은 벌써부터 똥구멍이 따끔거렸다. 저것들은 귀부인에 똥을 갈기는 갈매기보다 더 나백을 짜증 나게 했다. 나백이 아무리 발버

둥 쳐도 오늘은 기어코 말미잘 매운탕을 먹일 기세다.

도욱이 녹화한 영상을 확인하는 사이, 우봉이 식칼을 들고 나백에게 말했다.

"나백, 다 너를 위해서 그런 거야. 너 SNS 조회수 한 자리지? 오늘 영상을 올리면 뜰 수 있어. 우리는 내일 놀라운 경험을 하게 될 거야."

우봉의 머리는 전구 알처럼 매끈하다. 우봉은 스물아홉에 정수리 탈모가 왔다. 자칭 어부 요리사인 우봉은 주방에서 머리카락은 쓰임이 없다고 식칼을 들고 선언했다. 망설임 없이 머리카락을 다 밀어 버렸다. 우봉은 생각하면 행동에 바로 옮기는 성격이다. 뒤돌아보지도 않는다. 직진만 하는 우봉이 말미잘을 공중에 던졌다 받는다. 나백은 보기만 해도 뭉글뭉글한 느낌에 온몸에 소름이 돋았다. 나백의 얼굴이 굳어졌다. 벌써 속이 울렁거렸다.

우봉은 말미잘을 꺼내 촉수를 잘라 내고, 몸통을 반으로 갈랐다. 낚싯바늘이 있는지 칼날로 슬쩍 긁고, 손가락 두 마디 길이로 숭숭 썰었다. 말미잘 여섯 마리를 썰었다. 장어 두 마리를 꺼내 토막 냈다. 우봉이 냄비를 꺼내고 썰어 놓은 장어와 말미잘을 담았다. 된장과 고추장을 넣고, 고추와 대파 양파를 넣는다. 불 위에 올린 냄비에서 끓는 소리가 난다. 수제비 몇 조각을 던져 넣고, 가루 양념 몇 가지를 뿌렸다. 향이 강한 깻잎과 방아잎을 한 움큼 올렸다. 휴대폰으로 영상을 녹화하는 도욱이 침을 꼴딱꼴딱 삼키며 냄새를 킁킁 맡았다.

부글부글 끓는 냄비가 나백 앞에 놓였다. 도욱이 휴대폰 렌즈를 나백에게 맞췄다. 두 사람의 날카로운 시선에 나백은 마지못해 숟가락을 들었다. 우봉이 젓가락으로 말미잘을 나백의 숟가락에 올려 주었다. 방송에 출연하는 요리사처럼 설명을 덧붙인다.

"세상 어디에서도 먹을 수 없는 맛이다. 먹어 봐라."

나백은 곱창처럼 생긴 말미잘 조각을 입에 넣었다. 물컹한 덩어리가 혀끝에 걸렸다. 흡사 혀를 잘라 놓은 느낌이다. 맵고 얼큰한 국물이 목구멍을 달구었다. 나백은 덩어리를 꿀꺽 삼키고 물을 마셨다. 도욱과 우봉이 큰 소리로 웃었다. 두 사람의 눈빛과 협박에 가까운 강요로 나백은 몇 번이나 말미잘탕 삼키기를 반복했다.

도욱이 촬영한 영상 속 나백의 얼굴에는 공포와 절망이 여실하게 드러나 있었다. 말미잘을 입에 넣고 씹지도 못한 채 뜨거운 국물과 함께 꿀꺽 삼킬 때는 두 눈을 질끈 감고 있었다. 이마와 콧잔등에 땀방울 송송 맺혀 있고, 목울대가 꿈틀거리는 모습까지 선명하게 보였다.

나백은 억지로 꿀꺽 삼킨 말미잘 조각이 자신의 뱃속을

휘저으며 쥐어뜯는 것 같았다. 나백은 꾸르륵거리는 아랫배를 붙잡고 종일 옥수수밭 사이를 뛰어다녔다. 도욱은 나백의 그런 모습을 또 쫓아다니며 휴대폰으로 찍었고, 우봉은 뭉툭한 손으로 영상을 절묘하게 편집했다.

한여름의 낮은 길고 무더웠다. 해가 지고도 열기는 꺾이지 않았다. 그날 밤, 나백은 도욱과 우봉의 가게 간판을 만들었다. 간판을 던져 주면 한동안 귀부인 근처를 어슬렁거리지 않을지도 모른다고 생각했다. 귀가 따갑도록 요구 조건을 쏟아낸 도욱의 서핑 샵 간판은 파도 타는 불가사리를 캐릭터로 만들었다. 도욱이 던져 준 불가사리 중 붉은색과 푸른색을 띠는 불가사리를 골라 약품 처리를 한 후 도욱이 타는 서핑 보드 모양을 구성했다. 조명 설치할 공간을 만들고, 전기 작업만 남겨 둔 상태로 간판 작업을 마무리했다. 말미잘 매운탕을 대표 음식으로 내건 우봉의 매운탕 가게 간판은 말미잘 밑그림을 그리고 진주 빛깔을 내는 조개껍데기를 붙였다. 말미잘 배경은 산뜻하게 푸른색으로 칠했다. 새벽까지 이어진 작업을 대충 마무리한 나백은 귀부인 갑판에 누워 눈을 감았다. 기분 좋은 피로감이 이불처럼 온몸을 나른하게 덮었다.

나백이 눈을 떴을 때는 늦은 오후였다. 바다는 노을이 늘어지면서 붉게 변해 있었다. 나백은 간판을 배 조타실 벽에 세웠다. 형태가 잡힌 간판은 꽤 마음에 들었다. 두 사람에게 보여 주고 마무리 작업을 해도 될 것 같았다. 나백은 뒷정리를 한 후 배 안쪽 기관실 아래로 내려갔다. 해가 지고 어둠이 귀부인에 올라탔을 때, 나백은 바닥을 살폈다. 며칠 전 방수 작업을 하고 타일을 붙여 나백이 누울 수 있는 길이의 수조를 만들었다. 건조 상태를 확인한 나백은 펌프에 연결된 호스를 바다로 끌어냈다. 바닷물을 끌어 올려 수조를 채울 생각에 심장이 두근거렸다. 아주 오랫동안 느껴보지 못한 기분 좋은 두근거림이었다.

늦은 밤, 옥수수밭에 정박한 귀부인에 도욱과 우봉이 찾아왔다. 모자이크 아티스로 작품 활동을 알리던 나백의 SNS 계정에서 어제 올린 말미잘 매운탕 영상을 확인했다. 예상보다 조회수가 많았다. 주르르 달린 댓글을 보면서 도욱이 대박 조짐이 보인다며 또 다른 영상을 올리자고 말했다. 세 사람은 귀부인에 앉아 안동소주를 마셨다. 우봉이 가져온 라임 조각을 소주잔에 넣고 흔들었다. 톡 쏘는 새콤한 향이 텁텁한 공기 중으로 퍼졌다. 안주로 우봉이 꺼낸 것은 말린 미역귀였다. 나백은 미역귀를 뜯어 입에 넣었다. 말린 해초에서 바닷물 냄새가 났다.

나백은 일차로 마무리한 간판 두 개를 꺼냈다. 도욱이 얼굴을 찡그리며 나백을 쳐다보았다.

"야, 이건 아니지! 내가 말한 간판은 이게 아니야! 밋밋해! 독창성이 없어!"

우봉은 말미잘 모양 간판을 들고 앞뒤로 뒤집었다.

"애들이 갖고 놀다 망한 거 가져온 거 같은데? 짐승이 싸질러 놓은 똥 같은데!"

물론 손을 더 봐야 하지만, 형태는 꽤 괜찮다고 나백은 생각해서 꺼내 놓은 간판이었다. 가게 규모에 맞게 크기를 고민했다. 채색하고, 테두리 상감 작업을 하고, 입체감을 주기 위해 준비해 둔 모자이크 타일을 붙이면 어디에도 없는 독특한 간판이 될 거였다. 그런데 두 사람은 간판 크기가 작다는 말을 시작으로 불만을 쏟아 냈다. 나백이 설명하려고 입을 열기도 전에 도욱이 불퉁한 표정으로 말했다.

"야, 내가 너 어떻게든 띄워 보려고 팔이 부들부들 떨리는 거 참아 가며 촬영했는데, 너 그러면 안 된다. 너 당장 내일부터 계약하자고 사람들이 찾아오면 그거 다 내 덕이야. 그런데 꼴랑 간판 하나 만드는 게 뭐 그리 어렵다고 쪼잔하게 손바닥만 하게 만드냐. 이왕 만드는 거 좀 크게 크게 만들어 줘."

우봉이 고개를 끄덕이더니 목청을 착 가라앉히고 판결하는 판사처럼 말했다.

"모자이크 아티스트답게 제대로 해라."

나백은 말문이 막혀 입을 다물었다. 피로감이 몰려왔다. 나백의 기분은 아랑곳하지 않고 도욱이 우봉에게 말했다.

"야, 우리 집에 갈 때는 바닷가 샛길로 가자."

말을 하면서 도욱은 나백을 힐끔 본다.

"와? 밭을 가로질러 가면 빠른데 뭣 하러?"

어리둥절한 표정을 짓는 우봉을 보며 도욱이 키득거렸다.

"저 자식이 사방팔방 싸질렀다."

우봉이 나백을 빤히 쳐다보더니 진지한 표정으로 말했다.

"거름 준다고 고생했다. 옥수수 몇 개 따서 삶아 먹어라."

옥수수 알갱이가 박힌 거뭇한 똥 덩어리가 머릿속에 불쑥 떠오르자 나백은 조금 진정되던 속이 또다시 왈칵 뒤집혔다. 배 난간을 잡고 신물을 게워 낸 나백은 벌러덩 누웠다. 밤하늘에 별이 떠 있었다. 나백은 울렁거리는 아랫배를 손바닥으로 눌렀다. 바람이 부는지 옥수수잎이 서걱거리는 소리가 난다. 나백은 귀부인 안과 밖을 어떻게 바꿀지 궁리했다.

소란스러움에 눈을 뜬 나백은 일어나면서 기지개를 켰다. 갑자기 빛이 번쩍했다. 나백은 눈을 질끈 감았다. 몸을 돌려 실눈을 떴다. 몇몇 사람이 귀부인 주변을 두리번거리며 사진을 찍고 있었다. 후다닥 일어난 나백은 배 난간에 몸을 기대고 버럭 소리를 질렀다. 심장이 미친 듯이 벌떡거렸다.

"뭡니까?"

사람들이 그를 향해 휴대폰을 번쩍 들어 올리더니 사진을 찍었다. 자기들끼리 주고받는 웅성거리던 말들이 나백의 귀에 조금씩 들어왔다. 말미잘 매운탕, 설사, 엽기, 마그마, 악마. 온갖 말들이 튀어나왔다. 배 안으로 들어오려고 하는 사람도 있었다. 또 다른 사람은 배를 주먹으로 툭툭 두드렸다. 나백은 떨리는 손으로 휴대폰을 눌렀다. 그의 SNS 계정 조회수가 세 자리로 늘어나 있고, 댓글이 주르륵 달려 있었다. 밤사이 그의 계정은 말미잘 매운탕처럼 부글부글 끓었던 모양이다. 해가 지자 어슬렁거리던 사람들도 사라졌다. 나백은 귀부인에서 내려와 우봉의 가게로 뛰어갔다. 기다리고 있었던 것처럼 우봉과 도욱이 식탁에 쟁반을 내왔다.

쟁반에 뼈들이 가득하다. 나백은 갑작스럽게 벌어진 일들에 머리가 지끈거렸다. 눈 밑이 쑥 들어간 나백과 달리 눈앞에 앉아 있는 두 사람의 얼굴은 만개한 호박꽃처럼 붉게 상기되어 번들거렸다.

"이걸 나보고 먹으라고?"

핏기라고 없는 창백한 나백의 얼굴이 일그러졌다.

휴대폰을 든 도욱이 연신 고개를 끄덕이며 얼른 시작하라고 손짓으로 재촉한다. 우봉이 팔짱을 끼고 의자에 등을 기댔다.

"뼈들의 만찬이다. 어떻노. 이보다 창의적이고 예술적인 식단은 앞으로도 나오기 힘들 거다. 그러고 보면 진정한 예술가는 나백이 네가 아니고 나 같은데."

배부른 들고양이처럼 입가를 끌어 올린 우봉이 나백을 보았다. 나백이 입을 열기 전에 도욱이 끼어들었다.

"맞다. 우봉이는 천재다. 천재 예술가 셰프 우봉! 이걸 올리면 사람들이 와글와글 몰려올 거다."

나백은 얼굴이 하얗게 질렸다. 이제 누구도 그의 모자이크 작품에는 관심이 없었다. 나백은 하얀 쟁반에 제각각의 모양을 드러낸 뼈들을 보았다. 잔잔한 가시들이 박힌 건 멸치 뼈로 보인다. 반질거리는 걸 보면 기름에 볶은 듯하다. 약간 누르끼리한 색의 굵은 뼈 튀김은 장어 뼈다. 손톱 크기의 게 튀김, 반으로 가른 연어 머리뼈와 몸통뼈 간장조림, 직사각의 긴 쟁반에는 꽁치 머리와 몸통뼈에는 꼬리까지 달려 있다. 포를 뜨고 남은 갈치 몸통뼈만 모아서 고추장 양념에 조린 것, 원형 쟁반에는 아귀 뼈와 아귀 머리가 수육으로 담겨 있다. 뼈 만찬 식탁을 보고 있으니 어린 시절 마당에서 키우던 누렁개 밥그릇에 쏟아 주었던 뼈다귀들이 떠올랐다. 나백은 무릎에 손을 올리고 두 사람을 노려보았다. 우봉과 도욱이 귓속말을 주고받더니 우봉이 말했다.

"나백, 왜 그런 눈으로 보는 거지? 이건 너를 위해서 우리가 준비한 거잖아."

도욱이 추임새를 넣었다.

"너 때문에 우리가 이 더위에 주방에서 땀으로 샤워하면서 만들었는데. 섭섭하네."

나백은 주먹 쥔 손이 부들부들 떨렸다. 도욱이 안타깝다는 표정으로 말했다.

"야, 쉽게 가자. 그냥 몇 번 먹기만 하면 되잖아."

도욱이 불퉁하게 말했다.

"아님, 귀부인 철거하든가."

나백은 고개를 번쩍 들었다. 우봉이 표정 없는 얼굴로 식탁을 향해 턱짓한다. 나백은 가슴이 옥죄고 목구멍이 꽉 막히는 느낌에 숨이 막혔다. 목줄이 당겨진 개처럼 나백은 젓가락을 잡았다. 손이 떨리면서 젓가락이 바닥으로 떨어졌다. 우봉이 말없이 다른 젓가락을 내밀었다. 나백은 육수용 멸치에서 뼈만 빼내어 볶은 멸치 뼈를 입에 넣었다. 짭짤한 소금 맛이 났다. 도욱이 폰 카메라를 나백에게 맞추었다. 장어 뼈 튀김은 씹다가 끝내 뱉어 냈다. 아귀 뼈는 목구멍에 걸려 콧물 눈물을 쏟아 내며 기침해서 겨우 빼냈다.

그날 밤, 나백은 밤새 잠을 이루지 못했다. 눈을 감으면 뼈들이 나백의 몸을 갉아먹는 악몽에 시달렸다. 무엇보다 나백을 슬프게 한 것은 '뼈'들이다. 나백은 배 안에서 뼈를 이용해 모자이크 벽화작업 중이었다. 버려지는 뼈들은 나백의 손에서 새로운 생명을 얻어 가고 있었다. 그런데 두 사람이 '뼈'를 그에게 억지로 먹게 했다. 나백을 향한 명백한 조롱이었다. 배 안을 엿본 게 분명했다. 완성되기 전에 노출된 작품은 가치가 없다. 예술적 가치에 대한 나백의 신념은 단 한 번도 변하지 않았다. 무릇 창조란 파괴에서부터 시작할 때 온전한 독창성을 가진다고 믿었다. 누군가 봐 버린 뼈는 쓸모가 없다. 그렇다고 해서 아깝지 않은 것은 아니었다. 끌을 잡은 손에 힘을 주고 힘껏 내리꽂았다. 벽에 고정했던 단단한 꽃산호가 쪼개졌다. 예전에 같이 벽화작업을 하던 동료가 나백에게 어쭙잖게 충고했다. "넌, 예술가도 창작자도 아니야. 그냥 파괴 중독자야!" 나백은 그가 나백을 시기하고 견제하는 몹쓸 놈이라 두 번 다시 보고 싶지 않았다. 그날 휴대폰에서 그놈 번호를 삭제해 버렸다.

어린 시절 담벼락을 사이에 두고 함께 자라 온 도욱과 우봉조차 자기 작품을 한갓 조롱거리로 여기고 있었다는 사실에 화가 치밀었다. 나백은 끝이 날카로운 끌을 들고 벽에 붙였던 뼈들을 뜯어냈다. 바닥에 떨어지는 뼈들을 잘근잘근 밟았다. 부서지는 소리가 나백의 귀에 한겨울 꽁꽁 언 눈밭을 걷는 소리처럼 들렸다. 해가 지자 창문조차 없는 배 안은 한 치 앞도 보이지 않을 정도로 캄캄했다. 나백은 랜턴을 들고 배 위로 올라왔다. 종일 끌을 들고 휘두른 탓에 어깨가 묵직하고 팔꿈치와 손목은 동상에 걸린 듯 얼얼했다. 나백은 갑판에 벌러덩 누웠다.

삐걱거리는 소리가 들리고 누군가 나백의 발을 툭툭 걷어찼다. 나백은 실눈을 뜨며 일어났다. 배 난간에 걸린 랜턴 불빛에 그림자가 길게 늘어졌다. 도욱과 우봉이 담배를 꼬나물었다. 도욱이 나백의 눈앞에 포장해 온 종이 도시락을 내밀었다.

"종일 굶었지? 배고플 것 같아서 준비했다."

우봉이 나백을 빤히 쳐다보며 말했다.

"너무 놀라서 턱 빠지지 마라. 맛은 봐야지."

두 사람이 눈짓을 주고받더니 소리 없이 웃었다. 도욱이 휴대폰을 들고 영상 녹화를 시작했다. 우봉이 도시락 뚜껑을 열고 먹어 보라고 턱밑까지 들이밀었다. 나백은 눈앞의 두 사람이 갯강구처럼 보였다. 어둡고 습한 바위 뒷면에서 촉수를 더듬거리는 갯강구. 나백은 잔뜩 흐린 날, 바닷가에서 죽은 물고기를 뜯어 먹던 갯강구를 본 적이 있었다. 검은 갈색을 띤 타원형 몸피가 유난히 번질거려 소름이 돋았었다. 나백은 무더위가 기승을 부리는 여름밤인데도 온몸에 소름이 돋았다. 우봉이 랜턴 불빛을 도시락에 비추었다. 까만 가시가 꼿꼿하게 서 있는 성게가 여섯 개, 구슬 크기의 생선 눈알이 열두 개였다.

나백은 자신도 모르게 마른침을 삼켰다. 우봉이 속삭이듯 말했다.

“갓 잡은 거라 싱싱하다. 얼른 먹어 봐라.”

담뱃불을 눈알 위에 비비며 우봉이 말했다.

“기억나나? 예전에 말이야, 내가 너네 엄마가 하던 건어물 가게에서 마른오징어 한 마리 슬쩍 했던 거, 네가 우리 집까지 찾아와서 돈 내놓으라 했잖아. 내가 그날 몽둥이찜질을 제대로 당했지.”

우봉이 나백의 눈을 빤히 쳐다보면서 담배꽁초로 눈알 한 개를 밀었다. 도욱이 힐끔 우봉 얼굴을 쳐다보더니 나백을 향해 피식 웃으며 말했다.

“말린 오징어 다리 하나만 달라고 했는데, 그때 네가 뭐라고 했는지 기억나나?”

나백이 고개를 저었다. 도대체 언제적 이야길 하는지 도무지 알 수 없었다. 도욱과 우봉이 동시에 말했다.

"다리 한 개에 오백 원!"

두 사람이 컥컥거리며 침이 튀도록 웃었다.

우봉이 말했다.

"그때는 다 뭘 모르는 애들이었지. 이제 우리는 어른이잖아."

도욱이 도시락을 손으로 툭 쳤다.

"돈 안 받을게, 그냥 먹어라."

나백의 얼굴이 허옇게 질렸다. 우봉은 나백의 손에 젓가락을 쥐여 주었다. 도욱은 휴대폰을 들이밀며 녹화 중이라는 신호를 보냈다. 어디선가 두꺼비 우는 소리가 들렸다. 낮고 거칠며 웅얼거리듯 꾸룩꾸욱꾸룩거리는 소리만이 이어졌다. 그 소리는 나백의 입에서 비어져 나오고 있었다.

나백은 입안에 고이는 피를 목구멍으로 삼켰다. 통째로 삼킨 생선 눈알이 뱃속을 유영이라도 하는지 속이 울렁거렸다. 나백은 욱신거리는 턱을 손바닥으로 문질렀다. 두툼한 손으로 나백의 턱을 움켜잡고 입을 벌려 성게 가시를 밀어 넣던 우봉의 번질거리는 눈알을 파 버리고 싶다는 충동이 일었다. 혀끝으로 입안을 훑었다. 긁히고 찔린 상처에서 피가 나왔다. 나백은 소주병을 들었다. 안동소주를 입안 가득 머금었다가 꿀꺽 삼켰다. 지독한 통증에 두피까지 저릿

했다. 눈알이 튀어나올 것 같은 통증에 눈물이 찔끔 나왔다. 나백은 신음 한 조각 내지 않고 입술을 깨물고 참았다.

나백은 귀부인 갑판에 엎어져 있는 도욱과 우봉에게 다가갔다. 두 사람은 나백에게 눈알과 성게를 먹이고, 고통에 질린 모습을 녹화했다. 녹화한 영상을 반복해서 돌려보면서 킬킬거렸다. 허리를 잡고 웃었다가 나백을 힐끔거리며 안동소주를 마셨고, 지금은 술에 취해 코를 골고 자고 있었다. 나백은 안중에도 없었다. 나백은 오늘 밤, 도욱과 우봉이 지독스럽게 요구했던 가게 간판을 그들이 원하는 대로 새롭게 만들기로 했다.

새벽 1시, 나백은 모든 준비를 마쳤다. 오로지 작업에만 몰두한 나백은 입안을 감돌던 비릿한 피 맛도 느끼지 못했다. 삼각대를 세우고 휴대폰을 고정했다. 지금부터 휴대폰에 담기는 영상은 생방송으로 나백의 계정에 올라갈 것이다. 나백은 술에 취해 의식이 없는 도욱을 향해 카메라를 맞췄다. 녹화 버튼을 누르고 작업에 들어갔다. 딱딱하게 마른 불가사리에 실리콘을 바르고 도욱의 머리에 붙였다. 도욱이 그토록 원했던 불가사리가 도욱의 머리에서 꽃처럼 피어났다. 눈과 코, 입을 뺀 얼굴에도 불가사리를 촘촘하게 붙였다. 굴곡이 있는 턱과 목은 깨부순 불가사리 조각으로 덮었다. 통통하게 살집이 많은 도욱의 몸은 붉은색 불가사리로 덮고, 팔다리에는 따개비를 붙였다. 허벅지에서 발끝까지는 검게 물들인 불가사리를 붙였다.

가장 위대한 예술작품은 단순하면서 원초적이다. 무엇보다 의뢰인의 수준에 맞게 해야 한다는 것을 나백은 비로소 깨달았다.

나백은 우봉의 다리를 두 손을 잡고, 질질 끌었다. 배 바닥으로 내려가는 계단에 우봉의 머리가 튕겨 올랐다 다시 떨어지기를 반복했다. 수조가 보이도록 삼각대를 세우고 휴대폰을 고정했다. 수조에 우봉을 밀어 넣었다. 나백은 잠시 허리를 펴고 서서 거칠어진 숨을 골랐다. 펄떡거리던 심장이 잠잠해지자 나백은 펌프 스위치를 눌렀다. 쿠르르 물소리가 들리더니 곧 호스에서 바닷물이 쏟아졌다. 나백은 물이 차오르는 수조에 커다란 비닐봉지를 넣고 커터칼로 비닐을 찢었다. 찢어진 봉지 사이로 쏟아진 살아 있는 말미잘들이 수조에 누워 있는 우봉의 몸을 향해 스멀스멀 움직였다. 곧 우봉의 몸을 말미잘들이 뒤덮었다.

나백은 팔다리에 근육통이 몰려왔지만, 몸은 홀가분했다. 배 위로 올라온 나백은 갑판에 벌러덩 누웠다. 옥수수밭에서 희미한 소리가 났다. 솨솨. 텁텁함을 몰아내려는 듯 한

줄기 시원한 바람이 불었다. 나백은 벌떡 일어나 귀부인 뱃머리로 뛰어갔다. 먼바다에 붉고 커다란 점 하나가 쑤욱 올라왔다.

나백은 숨을 크게 들이쉬었다. 뱃속 가득 숨이 찼을 때, 나백은 귀부인에서 뛰어내렸다.

작가의 말

사람들을 만나 웃고 떠들다 돌아오면서 생각했다. 주고받은 말 중에 진실은 얼마나 될까? 눈을 마주치며 했던 말들이 진심일까? 낯선 사람을 만나는 자리는 불편하고, 친분이 있는 사람을 만나면 조심스럽고, 친구를 만나면 힘든 이야기보다 좋은 일만 이야기하려고 한다. 내가 그러니, 상대도 그럴 거라고 짐작한다.

우리는 장소에 따라, 만나는 사람이나 상황에 따라 다른 얼굴을 한다. 일상의 만남에서는 진실과 거짓을 구분하기 힘들다. 본연의 모습이 드러나는 것은 혼자 있는 시간일 것입니다. 오롯이 혼자인 시간, 상처를 헤집기보다 딱지가 앉을 때까지 기다려야 한다.

나만의 혼자 있는 시간을 보내는 방법이 있다. 글을 쓰고, 책을 읽고, 바닷가 길을 걷거나, 수영장에 가서 수영한다. 볕이 좋은 날이면 꽃삽을 들고 흙을 뒤적인다. 지난여름 토분에 키우는 오렌지자스민 나무에 하얀 꽃이 피었다. 그리고 꽃이 떨어진 자리에 열매가 맺혔다. 두 계절이 지나는 동안, 초록 열매는 조금씩 부풀어 올랐다. 그러다 봄볕이 소복한 날, 붉어지기 시작했다. 열매가 커다란 나무가 되기를 소망하며 화분에 물을 준다.

이 책에 실린 일곱 편의 소설은 저마다 상처를 안고 살아가는 사람들의 이야기다. 꿋꿋하게 오늘을 살아가는 누군가를 이해하려는 나만의 노력이다.

혼돈의 겨울을 이겨낸 우리 모두에게 위로와 따뜻한 온기를 전한다.

비 오는 바다를 바라보며

조미형

수록 작품 발표지면

「고릴라1 고릴라2 그리고 사람」 … 『무크지 짭』 Vol.5
「뿔피리」 … 『작가와 사회』 2023년 봄호
「어떤, 하루」 … 『오늘의 좋은 소설』 2023년 가을호
「구봉마을 김주평」 … 『The 좋은 소설』 2019년 가을호
「각설탕」 … 『작가와 사회』 2018년 겨울호
「일광호 황 선장」 … 『기장 문학 29호』
「귀부인은 옥수수밭에」 … 『모자이크 부산』(테마소설집)

뿔피리

초판 1쇄 발행 2025년 6월 16일

지은이 조미형
펴낸이 강수걸
편집 이혜정 강나래 오해은 이선화 이소영 유정의 한수예
디자인 권문경 조은비
펴낸곳 산지니
등록 2005년 2월 7일 제333-3370000251002005000001호
주소 부산시 해운대구 수영강변대로 140 BCC 626호
전화 051-504-7070 | 팩스 051-507-7543
홈페이지 www.sanzinibook.com
전자우편 sanzini@sanzinibook.com
블로그 sanzinibook.tistory.com

ISBN 979-11-6861-469-7 03810

* 본 사업은 2025년 부산광역시, 부산문화재단 〈부산문화예술지원사업〉으로 지원을 받았습니다.

부산광역시 BUSAN METROPOLITAN CITY 부산문화재단 BUSAN CULTURAL FOUNDATION